U0506238

我给记忆命名

席慕蓉

人民文学出版社

我给记忆命名，或许，它们就会有了归属，
有了顾盼，有了呼应。
我给记忆命名，只因，我的痴心。

——席慕蓉
二〇一七年初

前言

在六十年前命名的白日梦，如今早已是真实的人生，而我的原乡书写还在继续，还能够继续……

二〇一〇年九月下旬，我应魏坚教授之邀，从银川飞北京，到他任教的中国人民大学演讲。讲题是《族群的记忆》。不巧这天我的喉咙不舒服，肿胀疼痛，难以发声。但是下午的演讲我还是费尽气力、磕磕绊绊地讲完了，听众都能体谅，反应也很温暖，我衷心感激。

那天，在他们之中有位十九岁的男学生，记住了我这场演讲，之后又读到两本我写的关于原乡的散文，也很喜欢。

八年之后，他已经完成了学业，进入人民文学出版社担任编辑，想要重新出版我那两本散文集。

二〇一八年二月二十三日近午时分，他用向魏坚教授要来的电话号码，从北京打到我家，很诚恳、很有礼貌地向我说出他的愿望。可是这两本书早先已经交给内蒙古人民出版社了，所以我只能回绝了他。

他回答我的语气难掩失望和惋惜的感觉。在那瞬间，有些什么触动了我。

刚才在电话中他已经先说了八年前在学校听过我演讲的事，那时就觉得我的原乡经历可以旁及任何地方和任何人的相似处境……对那样的一位青年，不管是隔了多少年之后，我，恐怕都不应该如此慢待他吧。

所以，我就补充了几句："不过，我手边刚好有本新书，是去年夏天由台湾的尔雅出版社出版的，你愿意请人民文学出版社考虑看看吗？"

于是，就开始有了这次愉快的合作。

说来也巧，就在这之后不久，内蒙古人民出版社的《席慕蓉原乡书写系列》也开始发行。先出版了六册，其中就有我新认识的年轻朋友喜欢的《追寻梦土》和《蒙文课》，各以汉文和蒙文两种文字出版。二〇一八年九月十一日在呼和浩特举行的新书发布会上，我说："这是我在当年的白日梦里也不敢向往过的白日梦！"

当年，我曾经希冀或许有一天可以"回乡"，但从来不敢臆测它真能实现。一九五九年一月二十九日的日记里告诉自己这只是"白日梦"。二〇一六年我把这篇日记放进新书书稿中，二〇一七年七月由台湾的尔雅出版社出版。

没想到如今书交给了人民文学出版社，忽然间有些数字似乎成了特意的安排了。新书预定的出版时间是二〇一九年，离我初次踏上高原故土的一九八九年，将是整整的三十年。在六十年前命名的白日梦，如今早已是真实的人生，而我的原乡书写还在继续，还能够继续……

为这样的巧合，我要谢谢人民文学出版社，更要谢谢我年轻的朋友。当然，还要谢谢魏坚老师！

慕蓉

二〇一八年十二月十四日于台湾北海岸

母亲蒙文名讳的汉译是巴音比力格（1916—1987），汉名乐竹芳，族姓乐路希勒，家族世居于赤峰市克什克腾旗，曾是"国民大会"蒙古察哈尔八旗群代表。

母亲少年时
1935年，北京

父亲蒙文名讳的汉译是拉席敦多克（1911—1998），汉名席振铎，字新民。先祖属察哈尔部，族姓席连勃。曾任民国时代政府参政员、立法委员，来台后赴德国慕尼黑大学与波昂大学从事蒙古学研究多年。

父亲大学毕业前
1935 年，北京

父母都已不在，
你是以一人承受了一个故乡，
你也只能用诗来写出这一个故乡了。

——齐邦媛
二〇一六年九月二十七日

目　录

第一章

最初·最早

走过了五十年，此刻的我，只觉得自己已经还原为一个极为单纯的身在其中却一无所求的『在场者』。在这个世界上，我只是回来见证这周边的一切还都差堪告慰地存在着而已。

日记 九则

一九五九年一月一日　台北

仿佛一九五八年这几个字还很生疏，写本子常常写成一九五七，没想到一九五八也过了！

常常还想自己是小孩，今年可不能再这样了。

还记得初二时的寒假，张老师送了我一本日记，那时还在头一页写什么"长大了"，啊！天啊！现在想起来那时多么幼稚，也许要到我有一天老了的时候，翻开这两本日记，该怎样好笑呢？

一九五九年一月二十九日　台北

廿七号休业式我并没有参加，在寝室里整理东西，怎么那么乱啊！不知道从何着手，结果还是下午爸爸来接我时才再帮我弄好的。

回家两天，一切周遭的事物都是干净清爽的，我又开始想写日记了。

我常常反省，我太爱幻想了，有的时候就很容易对现实不满。其实我真该觉得幸福，我们没有任何可埋怨的事啊。

我承认我是个愚昧的人，我不配享受人间真正灵性的安静，我常常渴求爱，希望听到别人对我的赞美，我喜欢热闹，我爱出风头，我常常做白日梦，也许有一天我真的可以出国读书，也许我有一天回家了，回到我明驼瀚海的故乡，我眼看着蒙古的一切在面前兴旺起来，我站在高高的山岗上，向成吉思汗我伟大的祖先致敬，愿先祖英灵佑我，到那时，我便没有愁意了，我的"终身之忧"已获得解脱，我已经不会有缺陷了，我才有资格享受回忆中所含的欢乐。

啊！我为什么思潮那样紊乱呢？

一九五九年六月二日　台北

昨天一天昏昏沉沉，今天第三第四节回家，妈一个人在家，舒舒服服地等弟弟回来，吃完中饭，爸回来了，骂了我一顿，不及格，他说："本来人人都夸你好，而且都传到屏东去了，说你在北师挣下了好名声，蒙古学生品学兼优，到今天如果不及格破坏了一切，不许你这样，你毕业考不能再给我考坏了。"

唉，我恶梦初醒，一切都不谈了。

一九五九年六月四日　台北

今天考完大考了。

物理不管我怎么准备，不管题目多么容易，我仍是不及格，怎么办呢？

我的少年时

1958 年夏，台北圆山

张国卿　摄

民國卄八年六月 二日 星期二

　　昨天一天昏昏沉沉. 今天第三第四節
回家，媽一個人在家. 舒舒服服地等
弟弟回來. 吃完中飯. 爸回來了, 罵
了我一頓. 不及格, 他說：「本來人
人都院你好. 而且都傳到屏東去
了. 說你在北師挺下了. 好名声
蒙古學生品學兼優. 到今天如果
不及格破壞了一切. 不許你這
樣. 你畢業并不能再給我考好
了」. 嗟. 我要梦初醒. 一切.
都不晚了。

民國
罘年
六月
四
日
星期
四

今天考完大考了。
物理不管我怎麼準備，不管題目多麼容易，我仍是沒及格，怎麼辦呢？
心情馬上就糟地了。

心情马上就松弛了。

一九六二年一月二十五日　台北

　　桃李依依春暗度，谁在秋千笑里低低语？一片芳心千万绪，人间没个安排处。

没个安排处。我记得上个暑假的时候，把那两句用粉笔写在燕子口的崖壁上，我心里面想的是什么呢？

我的心里充满了爱，我需要去爱一个值得被我爱的人。

在高山上，在那阴暗的岩洞里，洞外的阳光明灿，而我是年轻的。

我为我的年轻而感到骄傲。

坐在仰天瀑的白石上，我的身体紧紧地靠贴在那巨大平滑的石头上，温热的感觉从石头之上渗透到我的身体里面。"合流"的水潭，越到上面一层越美，可是，我心里面为什么是空空的呢？

就是那个夏天，就是那个刚刚过去的夏天，我好像发现了我自己。在巨大的山岩前，在那一片长着长长青草的斜坡上，在那些飞跃的水珠里，在那澄澈的潭底，整个大自然的奥妙在我眼前显现，而我是什么呢？

我是什么呢？不过是一个心地狭窄的女孩子罢了。我渴望着爱，可是我又在躲避着爱。我瞧不起别人，可是我后来才发现，我更瞧不起自己。

我生活在矛盾里，而这些小小的可怜的矛盾，却使我极度地不快活。

我也常常想保留那一刹那，我常常对自己讲，现在，停下来吧，停下来吧。只要永远记得这一刹那，你脚下的青草绿得耀眼，你头上的天空蓝得耀眼，而你站在这里，你的青春，你的笑容都是真实的，你该满足了。只要在以后能记得起这一刻，你就是曾经年轻过了。

这一刹那就是青春，我知道我不能使它停留不走，可是我必须真正地享受它，哪怕只是一刹那，我的心里充满了欢欣，充满了感谢，感谢这一切的存在。

一九六四年九月七日　印度洋

而此刻，我已在印度洋上了，船开航已八天了。母亲的泪，姥姥的叮咛，在基隆码头上，父亲远远摇着的那把红伞，和我在船栏干上止不住的哭泣，是我儿时的终了。离开家，我已开始成长，成长中的心灵是不许流泪的。

我已进入了另外一个世界，生活圈子将日益扩张，这一艘船仅仅是一个世界的雏形，我已为这人种展览会感到目眩神迷，真进入了那广大无边的世界中时，我将会懂得多少东西？

在船上的生活很愉快，似乎不太让人觉得这是真正地离开家了，可是，当我今早坐在甲板上，望着印度洋上汹涌的巨浪，冒着白头的浪，心中却回到北投长春路的时候，好像有人在耳旁告诉我，你离开那里很远了……

是的，什么时候能再见呢？一切关于长春路的记忆竟那

艾格蒙画廊个展
1966 年，布鲁塞尔

比利时《晚报》摄

样清晰，"你可记得春花路初相遇？"往事难忘，往事难忘。

在成长中的心灵是不许流泪的，也许只是耳旁的音乐感染了我罢了，我应该面对着阳光欢笑，美丽的天空，美丽的欧洲，我正横过大洋向欧洲去读书，美梦成真……

可是，这天早上，我一直在想，长春路上的晨雾正散开，那棵在盘亭旁的大树，该和我家的大树一样，发出一种说不出来的清香，太阳出来的时候，妈妈在做什么呢？爸爸在做什么呢？弟弟和妹妹又在做什么呢？

一九六四年九月九日　印度洋

今天到了锡兰[1]首府可伦坡[2]，我们一人才花了一块美金，在岸上玩了半天，又吃了一顿中国饭，又寄信，又买了两盒饼干。

我发现我说话说得太多，而且，一发现别人有了错误，我马上就想纠正，或者指示出来，这实在不是一种好现象，假如再这样继续下去的话，我会得罪很多人的，"沉默是金"，要记住这句话。

可是，走在可伦坡街上，友伴们的态度我很不以为然。我总觉得，怀疑别人，是一种罪恶，虽然他们的街道是脏了一点，他们的人民是穷了一点，可是，你不能说凡是穷的人都会偷东西，都会抢东西呀！这样武断地以绝对轻视的观念来侮辱另外一个民族是我最不能忍受的，我们不能帮助人就罢了，怎么还能诋

[1] 斯里兰卡的旧称。
[2] 大陆译为"科伦坡"。

毁人呢？

妈妈说过，诬赖人是做不得的，我的母亲是对的。

一九六五年七月十二日　瑞士　Fribourg

好像，很不可能的，我能坐在这里。瑞士，去年曾梦见，今年竟能走在这梦中的蓝天下。山河妩媚，温柔庄严，而我心在这一刹那无所牵挂，这一个月的法文文法学习，应该好好努力。

可是，又还是有所牵挂的，我亲爱的家人，我爱你们，我想你们，什么时候能再相见？

等再见面，等再见面，等到彼此再相见……

一九六六年二月四日　布鲁塞尔

画展的开幕式定在今天傍晚六点，我虽然算是准时赶到，但是许多朋友和同学早就到场了，真不好意思。陈雄飞先生来为我的画展致词，他的朋友卢森堡驻比利时的 Dumont 大使和夫人也来了，他们夫妇都喜欢画廊中间那张大画。Léon Devos 教授笑着向我道贺，我心里明白他是促成这次画展的推荐者，是我的贵人，但是班上同学都在场，我只能向他鞠躬道谢，就不多说话了。

画廊的女主人告诉我，《晚报》（*Le Soir*）[1] 的艺评家 Paul

[1] 比利时发行量最大的法语报纸之一，成立于 1887 年。

Caso 先生稍早已经先来看过了，叫我到时候看他的评论，另外有几家报纸的艺评家也会过来。

这一阵子是有点混乱。今天从宿舍出来的时候，觉得自己已经打扮好了，却被安妮叫住，一定要帮我把头发重新梳整，时间因此急迫，我只能这样出门。其实并不喜欢这种不很自然的发型，可是也来不及了，心里只能怪自己为什么这么糊涂和软弱。

不过，进了画廊，看见昨天辛苦布置好的画展，满心的闷气都全部消散了。

席慕蓉啊席慕蓉，你今天就是披头散发进来，应该也没有什么关系了。人家要看的是你的画，不是你的头发。

这一整个画廊的作品，才是今天的主角。

班上的同学差不多都来了。安得烈、大卫、宝拉、昂端，还有玛丽亚，都热烈地和我拥抱，说想不到我是班上第一个开个人画展的学生，还没毕业就有画廊正式邀请，多好！

是啊！是啊！还生什么头发的闷气呢？

要好好珍惜，要深深感谢吧。

鲁汶的同学也都来了，刘海北在帮我招待，看他指着画东讲西讲的，好像很懂，很投入，我心里不禁暗笑……

现在要先给爸爸妈妈写信，他们的女儿真的在欧洲开画展了。要好好向他们细说今天的一切，一切的一切。

五十年后的同学会

二〇一一年五月二十二日

寻寻觅觅，终于抵达。

昨天中午（应该是十二点三十分或四十分左右吧），车过燕子口，宣广说："好像是这里。"

我们把车停住，众人下得车来，只稍微左右观察了一会，就确定应该是这里没错了。（另外一处，山洞洞口太宽，山壁形状远远望去就知道不合。）

举着五十年前的那张相片，大家要我赶快先坐到那块岩壁突起之处，摆出同样的姿势，好再来验证一次。

不过，那可不是很轻易就能做到的事。

五十年前的我，在大二的暑假，穿着一件姐姐买给我的白底红色水手领的短袖衬衫，底下是一条卡其色的七分裤，球鞋短袜，轻轻松松地斜坐在山壁上，左手还拿着一顶遮阳的斗笠。由于洞外的阳光很强，几乎让逆光的我成为一尊暗色的影像，只靠着身体边缘的反光，略略勾勒出那青春的容颜。

那是一九六一年的夏天。

而此刻，已是整整的五十年之后了。

朋友知道我要做这件事的时候，曾经警告过我，他说：

"你怎么敢把五十年前的相片拿出来？"

我明白他的好意。五十年前的相片不是重点，重点是五十年后的那一张怎堪拿来对照？

有何不敢？

我不过只是比较臃肿和行动比较艰难了一些而已，最后还是爬上去了，并且还稳稳地坐了下来。摄影者像当年一样，稍微蹲低了一些，角度完全贴合，五十年的时光就在此紧密重叠。

第一件任务完成。

好像是很幼稚和愚昧的行为吧。不过，我又在心里替自己辩护了，在飞驰的时光之前，我们人类的哪一种追寻与回溯，不是幼稚和愚昧的呢？

昨天，我把这些想法说给身旁的宣广听，他笑着纠正我说：

"我们现在做的这种追寻不能说是幼稚，应该说是天真。"

好吧，"天真"的我们，就用这样的心态继续往前走下去吧。

宣广，我的大学同班，五十年前的那个夏天，他带着相机，在刚刚才通车的横贯公路上，给我们这一班来写生的同学照了许多相片，因此而留下了许多难得的青春记忆。

这一次的重回，是为太鲁阁公园拍一部短片，我忽然想起可以邀他与国宗重临旧地，拍一段在太鲁阁举行的"同学会"。

真正的重点，是另外一张相片。是国宗、宣广、瑶玑和我，在合流的一块巨大岩石之前所拍的四人合照，我一直留到今天。

燕子口

1961 年，太鲁阁

何宣广 摄

相机应该还是宣广的，只可惜已经想不起来是谁拍摄的了。

瑶玑此时远在加拿大，国宗说，我们如果真的找到那块石头的话，要把瑶玑的位置空下来，才算如实显现。

中午在"蓝蓝"吃中饭。宣广胃口极佳，国宗也有添饭，我是心情好得不得了，觉得眼前什么菜都是美味。不过，也真的是"人间美味"，有清炒的槟榔花，有曼波鱼汤，还有，还有如此难得的同学聚会，更可喜的是大家还都能加餐饭。

饭后，在民宿稍稍休息，就出发往慈母桥行去。

下车时，黄导传令，叫我们先不要下到桥下，免得先动用了感情，就可惜了。我第一次听到这种命令，有点错愕。不过，我想，这也是另外一种行业的工作要求吧。

但是，在桥边的高台之上，望下去开始寻找那块巨岩之时，我们已经开始在动用那曾经好好收藏了五十年的记忆了。三个人指指点点，各说各话。虽然各有重点，却又稍稍错位，在风里，在阳光下，这就是生命走过的姿态吗？

终于，可以往桥下走去了。两位男同学虽然白发比较明显，年龄也比我稍长，却依旧可以在河谷间无数的岩石上行走自如。宣广是去世界各地的球场打了几十年的高尔夫，国宗的体重恐怕几十年都没有改变；而我则是膝关节僵硬，体重超标，所有的雄心壮志都在乱石崩云般的眼前消失殆尽，只好乖乖地在摄影队特别为我请来的登山教练指导之下，一步步地把自己缓慢地挪向前去。

心里不时回想着的，却是五十年前的那个自己。自从初见太鲁阁之后，在大学的后两年间，如何一次又一次地，重新回到这里，赤足走进溪流，享用着那几乎好像挥霍不尽的山野时光，那曾经被已逝去的同学锦郎在多年后所命名的，如"流星始奔，蜡炬初燃"的青春。

走进拍摄的预定场地之后，登山教练退出。导演指示，改成由宣广和国宗两人，一左一右地牵着我的手，跨过还是高高低低横在眼前的岩石，三个师大美术系的同班同学，终于抵达了那一块巨大的横倒在地的石头之前。

我一直认为，它就是五十年前那矗立在我们身后的巨大岩石，多野草，多皱褶，有着深深刻纹的石头。可能是在哪一年台风过后的山洪中被冲得俯首倒下，所以无法给我们看见那原先的面貌，不过，从它还能显现的旁侧的深纹看来，应该就是它了。

五十年前的相片重新拿出来，我们三个人很认真地调整站姿，务期能和五十年前的姿势相同。有人注意到底是哪一脚在前，有人把右手叉向腰间，国宗一面还笑着叫我站远一点，要把瑶玑的位置空出来……

终于拍好了，此行最重要的任务已经完成，导演在桥上向我们比出赞美的手势。可不是吗？为了几分钟的片头，动员了这么多人，还让三位老同学劳动筋骨跋涉了这么宽阔却又堆满了大石头的河床，这"回溯"的完成，大家都是有功劳也有苦劳的吧。

工作完成，我们还在巨岩之前逗留了一下。坐在峡谷之中，选了一块比较平坦的大理石，带着阳光的温度，我斜斜地靠上去，耳边的风声，眼前山壁上逆光而透亮的野草，远处慈母桥上来往的游客与车声也不时传来，宣广转头笑问我，还记得五十年前的那一天，见到这一处碧蓝的水洼之时，同学里是谁先跳下水的吗？

不记得谁是第一个了。但是，我承认自己也是那随后就跟着和衣入水的几个疯子中的一个，瑶玑也是。

那天的我，曾经在场，见证了在瑶玑的青春生命中一场难以描摹和重述的奇遇，甚至连她自己也不曾察觉。那天，她穿着白色上衣，一件花色的大圆裙，入水之后，圆裙初始还没太沾水，整个就浮在水面上，好像一片睡莲的大叶片。在纯白的大理石岩环绕而贮成的一片碧蓝的小水池里，刚刚过了二十岁生日的瑶玑，娇美的脸庞宛如一朵含苞微笑的睡莲……

此刻的我，重回当年旧地，石头的聚散竟也和人的聚散相似，被无数次台风过后的激流给冲散到天涯海角，幸好，青山还在，立雾溪也无恙。

走过了五十年，此刻的我，只觉得自己已经还原为一个极为单纯的身在其中却一无所求的"在场者"。在这个世界上，我只是回来见证这周边的一切还都差堪告慰地存在着而已。

一般人的一生，其实做不了什么惊天动地的大事。可是，天地之间，像太鲁阁如此的神工巨构，不也需要我们的存在，我们的一次次前来，才能保持着一种幽微的平衡吗？

我们当年初见太鲁阁，惊喜发现的是处处都有山水画稿上的笔法，而年复一年，我们每一次的重回，却也可能惊喜发现，在这万古不移的峭壁与峭壁之间，我们其实已经浮刻上自己都不曾察觉的，某一段时日里的匆促年华。

合流五十年前的我们
1961 年夏，太鲁阁
（左起国宗、宣广、
瑶玑与我。）
（五十年后的合照因版权
取得困难，无法刊出。）

是的，一如多年后我写下的那首《湮开的诗》：

那年的百合花开满在夏日深山
我们的青春
如黑夜里的火把才刚刚点燃
……

第二章

在台东的画展

在花东纵谷间一个清香的春日夜晚，在一张陌生的书桌前，把桌灯打开，把我的稿纸和笔拿出来，让我把一切都放下，全心全意地开始写一首诗吧，好吗？

我的外祖母乐宝光濂公主，闺名通戈拉格，
族姓孛尔只斤，是成吉思汗的嫡系后裔。
1965 年逝世于台湾，享寿七十八岁。

日记　十九则

二〇一一年十二月十三日

昨晚住进台东公教会馆。今天下楼早餐时，从餐厅窗口望出去，下着细雨，一对母女正横过空寂的广场。女儿大概是小学低年级的年龄，背着个彩色大书包，打着一把成人用的大雨伞，和她小小的身体极不相称，紧跟在母亲身后，费力地迈着步子。母亲身材瘦削，穿着一件浅灰色的外衣，深色长裙，也打着一把碎花伞，这天早上似乎是有心事，自顾往前疾走，始终没有回过头来看女儿一眼，甚至到要过马路时，也没停下来牵孩子的手。（是什么样的生活负担让她如此心焦？）

我猜测着那个母亲的心情，又有点替那个幼小且狼狈的孩子担心，要多么辛苦多么努力，又要多久才会长大呢？

忽然想起了前几年听到的一段说话。

那是二〇〇六年十月三十日的晚上，在北二女初中同学毕业五十年的金庆晚会里，我们当年美术课的杨蒙中老师也来了，大家恭请如今已经八十多岁的老师和我们说几句话。

杨老师笑着站起来对全场的同学说：

"我从前看你们，都是这么小的女娃娃，将来要去读多少书，要多努力多辛苦才可能会达到愿望。真是替你们担心，替你们捏把冷汗啊！"

其实，杨老师有所不知，在北二女初中的那两年，才是我求学生涯中最狼狈和最辛苦的两年。

只因为生在乱世，从幼年时就跟着父母到处迁徙，重庆、南京、上海、广州，可说没好好上过小学。一九四九年到了香港，好不容易地混了一两年，功课终于跟上了，广东话朗朗上口，同学也混熟了，甚至还能有几个"死党"。高高兴兴地读完初一，却忽然又要搬到台湾来了。

插班进入初二，我的噩梦再度来临。香港的中文中学初一没有代数课，台湾的中学却已整整教了一年。把我放进这样一个班级里，在香港五年慢慢培养出来的自信和自尊，可说是荡然无存。

幸好还有巢静老师的国文课和杨蒙中老师的美术课。在那段难熬的岁月里，这两门课的课堂，可说是我彷徨灵魂的栖身之所。

那时，我知道杨老师喜欢我。日记里还记着，美术课时，他怎么当着全班同学的面夸我。有时在校园里遇到老师，他会侧着头打量我一会儿，再骑车走开。那时我害羞又懵懂，不敢和他说话，却是要等到过了整整五十年之后，才能够真正明白了一位老师的心。

原来，一班又一班地教过来，总有几个学生是自己特别注意的，或者感受到了她们在学习时的热情。也正因为如此，才会在心里特别替她们担忧吧。前面的路还这么长，这些女娃娃们，在斜风细雨的人生里，要怎么去努力迈步呢？

　　从初中二年级走到今天，几乎也可以说是接近一生了。在这几十年间，我的步子走得很慢，没什么出色的成绩，唯一可以让老师或者让自己觉得安慰的，就是学习的热情至今还在，还没有离开。

　　想在台东美术馆办这一场画展，最初也就是极为单纯的热情而已。

　　去年到台东大学演讲，和锦忠一起过来参观艺术家的漂流木创作之时，就喜欢上这个展场的空间了，很心动。

　　漂流木的创作成品很美，但展场的光线与墙面的微妙互动更动人。好想试着把自己的画挂上去。在锦忠的鼓励和催促之下，递表申请，想不到很快就有了回应，然后这计划就慢慢成形了。

　　锦忠年少时曾是我的学生。后来去了意大利与西班牙，专修雕塑。得了米兰艺术学院的硕士和西班牙塞维利亚大学的艺术博士学位回来，如今已是台东大学美术产业学系的教授。看我反反复复，对这个计划有时有点犹疑甚至害怕，反倒是他来鼓励我了。

　　好吧，既然热情还在，那么就试着来办个展览吧。

　　二〇一一年十二月十四日

　　昨天上午和县政府的玫惠以及后山文化协会的金霞坐上古先生开的车，又开始去找民宿。前天一到台东，就看了两三处，都很有意思。而且听说有许多位艺术家都早已搬来台东了，在海边或者在山里盖了很漂亮的画室。我说就先不去拜访了，省得让自己又羡又妒的，心里不好受，我多么渴望能像他们一样啊！

原来，台东有这么大的诱惑力！

昨天车行在花东纵谷之间，屏息注视那些气势饱满、轮廓又变幻万端的云岚，横跨在深绿深蓝有几处甚至是深黑的群峦之间，真是舍不得移开视线。

一方面兴致勃勃地在构想着工作计划，但是，昨天在鹿野，进入一处民宿之后，坐在客厅里，面对着一扇大窗，窗外山野间光影如画，整个空间简直寂静安然得难以形容；忽然又觉得其实什么事都可以放下来，就只要这么坐着就好了，什么都不必想，光是"存在"这件事，就值得细细品味了。

和美术馆蔡先生约好了，明年三月再来台东，试着住久一些。

二〇一二年三月十四日

是太久没上高速公路了吗？胆子去了何处？从前一个人南下垦丁中途不停的那种气势怎么完全消失了？

此刻光是从淡水到高雄，心里就有点慌。从士林到台中是找了素英做伴，从台中到高雄还要芊蜻来帮我开车。想当年，她和桢栋结婚的时候，我这个老师不是一个人开车南下欢欢喜喜参加了他们的婚礼吗？

光是为了我明天一个人要如何从高雄找到南回公路的入口，桢栋就为我画了三张地图，他是真不放心这个席老师了。幸好晚上在高雄接到纪录片萧宏毅导演的电话，说是明天他们的车会先到旅馆来与我会合，再带路上南回，桢栋和芊蜻才放下心来与我道别。

入睡之前，才忽然意识到我的学生，早几届的有人都已经从教职上退休了。我应该认清现实，坦然接受自己胆子变小这件事，其实，也就是衰老这件事，早就已经开始了。

二〇一二年三月十五日

但是，为什么今天一进入南回公路的山区，那眼前层出不穷的美景就让我忘了害怕，忍不住地在驾驶座上雀跃欢呼，恨不得可以开上一整天呢？

幸好车上只有我一人，否则说不定又有同车的朋友来劝我安静点，别累着等等。

就譬如内蒙古博物院的护和，二〇〇二到二〇〇四那几年，我跟着他去红山、去敖汉、去宁城，路上他总是不时地过来劝我，有时甚至会说："你老人家别这么兴奋好不好？要不要休息一下？冷静一点，别累坏了。"这样的句子。

我想，我的年龄或许只比他母亲小了几岁而已，却还这样张狂地跑来跑去，问东问西的，白天不休息，晚上如果月光明亮，更会发了疯似的在月亮底下的城墙上走个不停，比谁都兴奋。他冷眼旁观，确实会担心。

但是，他的语气除了关心之外，还带着一种隐隐的批判意味，是这个感觉令我不悦。可是，他并不知道，总以为我是不喜欢别人提这个"老"字，是我不愿意承认自己的老。

起初，我也很难找出自己那种"不悦"的真正原因，所以只好默认。

之后有两三年吧，我一直往内蒙古西部的阿拉善盟去看望，两人因此很少见面。有一个夏天忽然在北京遇见了，都觉得很难得，就相约去吃个饭，聊一聊。

就是这次，护和对我说，他从前真的觉得我很奇怪，怎么好几天的行程下来都还不会累？所以他还特别去问了一位医生朋友。想不到那位医生说，一个人在从事自己喜欢甚至特别喜欢做的事情的时候，身体里的免疫系统会呈现非常良好的状态，因此不容易累。

护和说他才释然，并且听了之后就很想转告给我听。

我也释然了。我想，自己错怪了这么好的朋友，他那时是真的关心和担心呢。

而那藏在话语之中的批判意味其实不能怪他，是由于他在生长环境里耳濡目染，从而对每个年龄层都有了固定的印象，这是被塑造出来的意识形态，实在是身不由己啊。

所以后来我也常提醒自己，要做出在我这个年龄里的"安静平和"的样子，以免让他人不安。

不过，今天走在南回公路上，一个人坐在驾驶座前，顺着方向盘左回右旋地倾斜着身子，一幅幅光彩斑斓的美景迎面扑来，不大声欢呼的话，如何对得起这么好的时光？

当然，最主要的是有双黄线，不许超车。如果前面有大车挡路，更是可以把速度慢下来，方便我左右浏览。这山色，真是无限饱满！有一次，远远瞄到一处小海湾，那小小一块高彩度的海蓝色，夺人眼目，比宝石还亮还纯净。

我一路不能停，跟着疏落却又绵延的车队出了南回，右边的大海简直像是一座色彩的大宝库。海面上有三层不同的蓝，从宝蓝、蔚蓝到最远处像土耳其玉那种调和了青绿色的极为妩媚的蓝，一层又一层地往远方延展过去。而在风的吹拂之下，在这三种不同的蓝色之上，还有许多细小的闪着光的小蓝点。有的偏灰，有的偏粉，有的根本就是碎钻般的闪光。这就是台东的大海，以及波的罗列，以及无限扩张的愉悦……

天当然更蓝。山间和海边都有苦楝树，开花了。有几棵花开得极满，整株是柔紫色的细碎花簇，叶子都不见了。

其实，一出南回，我就想再开回去，从头再走一次。但是，不是走回程去高雄，而是要从高雄到台东像刚刚那样地再走一次。因为回程的车道离海就隔了一层，有点远了。

当然，这愿望只能留待后日了。

夜宿康桥旅舍，锦忠来电问候。

二〇一二年三月十七日

这两天台东总是时雨时晴，山峦之上，一到中午，就有暗云聚集。（问了蔡先生，说这是春天的缘故。）

昨天中午为了要找个写生用的小水袋，在一间名叫"三省堂"的书店停下，他们也兼卖文具。很高兴买到了小水袋，又多买了两本书。一本是《沈从文短篇小说选》，一本是封面吸引了我的新书，回到旅馆略读之后，高下立判，中间的差别简直不可以道里计!

还是说,谁能跟沈从文比较呢?应该是必败无疑的吧。

二○一二年三月十八日

下午与我这次画展的策展人陈永贤教授见面了,原来,我们的想法颇为一致。两个展场本身要绝对安静,但是在联结之处或场外,陈老师建议可以有些"新媒体"出现,以吸引年轻的观众。

我很好奇,那将是一种什么样的形式?陈老师是美术馆请来的专家,我很期待他的帮助。

二○一二年三月十九日

早上九点多出发。有两辆车,蔡文阶先生带我们和萧导的摄制团队先去看了"利吉恶地",然后再进入县道一九七。

中途在一户原住民的房舍前停下,是因为在他们的院子里长着一棵巨大的苦楝,树干粗壮又高大,花簇浓密。很惊讶地听到主人说,这棵苦楝不过只有十五岁而已。是因为在山里觉得心安吗?长得这么好看,这么无忧无虑。

通过萧导的邀请,主人夫妇让他们的儿子出来与我们相见。我向前去自我介绍,问他愿不愿意同行一段让这个工作团队可以拍摄?他很大方地答应了。人既俊秀从容,又温文有礼,真是好山好水养出来的好青年,非常大气!在嘉义大学的体育系就读。

走上公路之时，四个骑脚踏车的"骑士"经过，大概中间有一位认出了我吧，竟然也停车绕了回来，和我们打招呼。陈永贤老师问他们从哪里来，原来是专程从台北来县道一九七骑车旅游的。

知道我会在台东美术馆开画展，他们很高兴，说到时候一定会来参观，又可以再来县道一九七骑车，一举双得。

为什么人与人的相遇和相待，在山中变得如此自然和从容？是因为在旅途吗？还是只因为人在山中？

路边跑过两条小黑狗，是高砂犬。奇怪的是活泼可爱的年轻犬只，却被用细铁链扣连在各自的项圈上，短短一截细铁链让它们彼此身体可以保持一些距离，行动却完全受了限制，只能并排前行。

是多么可恶的恶作剧！如此剥夺了两个生命的自由！面对这样的虐待，我心里原来是有些悲伤的。

在旁的蔡先生大概也看不过去了，就转头去问一个刚好骑车经过的小女孩，她或许是这两只狗的小主人吧，有点骄傲地向我们抛下答案就飞快地骑往前方去了，前方，那两只黑狗还在并排奔跑。

她说："一个爱追车，一个爱咬人。"

啊哈！原来是主人的慈悲妙计。为了保护这两个不受教的小生命，他设计了这样一种互相牵制的办法。既可以不发生危险，又还可以喂养，等再大一些，懂事了，应该就可以恢复单身的自由了吧？

忽然之间，就从悲剧变成喜剧了，因为在其中，还是含有主人的关爱在内。

这一处山林饱含着深深浅浅的绿意，像一幅饱含着水分的刚刚才画成的水彩画。向上方远远望去，有两株苦楝繁花满树，如亭亭华盖般地伫立在山脊高处。小时候学过的那首苏格兰民谣，歌词中有两句不正是最好的诠释吗：

"幽媚处好像是那仙境，可是它是我的故乡。"

此刻骑着脚踏车天真烂漫的小女孩，知不知道故乡正在以云岚掩拥的幽微和秀媚逐时逐刻地在她幼小的心怀中累积着形貌？她将来要怎么长大？怎么去受汉字编织出来的汉文化的教育？他日回首，要如何看待自己的家园、自己的故乡？

而我，此刻这个带着善意进入山林的我，会不会终于造成恶果？

人的流动，包括一切附属的欲望和物件的流动，在初始或许是带着善意。但是，太频繁和太大量之后，那种善意，如果没有什么东西来牵制和规范的话，一样是会造成恶的。

虽说"仙境"是每个人的向往，然而"故乡"却是属于一个特定族群私有的宝物。

如何让这宝物不因他人的轻慢闯入而变为一处只是供应众人消费（甚至浪费）的"仙境"？故乡因此而蒙尘，山林的子民要怎么去说清楚，讲明白？要怎么去制定法则？

一幅小小的名画，放在美术馆里，还会因为保护画作寿命的原则而来限制每天的参观人数。一处面积广大无以替代的故乡，在众人日以继夜的穿行之下，又要怎么去预作防范？

相对于台湾早先的居民，在这座岛屿上，我们有哪一个人不是闯入者？

"依法行政"，是一句极为冠冕堂皇的话。然而，这"法"又是谁定的？

读沈从文的《七个野人与最后一个迎春节》，放在今天，悲剧还是在不断地重复。虽然是以不甚相似的情节呈现，而其中的关键，那从不曾消失的"威权"意识形态，却一点也没有改变。

二○一二年三月二十日

早上十点迁离康桥旅馆，往初鹿去另寻一间民宿。

先去原生植物园，觉得有些药用植物可以入画。有的不单名字好听，还似乎可以治百病呢。譬如"海芙蓉"（菊科植物，又名千年艾、香菊），不单可以解毒固肺，愈刀伤，治胃病、感冒、百日咳、皮肤炎，还可以治月经不调，真厉害！

原来昙花可以治哮喘，还有肿疮和肺炎。我喜欢那些开白花的冇骨消，原来它的根和叶是跌打损伤的良药，还治风湿和肾炎水肿。

忽然想起巴岱主席来。他告诉过我，他年轻的时候，爱去天山打猎，再冷的天气也不怕。有次，受一位蒙医的委托，要他上到四千公尺雪线以上去打一种鸟。巴岱主席答应了，并且遵照了医生的指示，在特定的季节打到了这只特定的飞鸟。在把猎获物交到蒙医手上的时候，他好奇地问了一句："这是治什么病的？有效吗？"

白发苍苍的蒙医向他笑了一下，回答说："这是做药引子用的，有没有效要一年以后才知道。"

巴岱主席说，随后他就把这事给忘了。过了很久，有天刚好经过老医生的诊所，看见一对夫妇正在门口向医生恭恭敬敬地俯首道别。老医生看见巴岱主席了，就招手叫他过去，指着这对夫妻，还有妻子怀中抱着的小婴儿说：

"你带来的药引子有效了。"

巴岱主席那天的感叹是对大自然中无限奥妙的逐渐成谜而觉得无奈。蒙医的精英分子逐渐凋零，要怎么把这样神奇的医学传统绵延下去，应该不只是蒙古人的责任，而是整个社会整个国家要全力以赴地关注才行啊！

中午大家在原生植物园里吃了"养生火锅"，下午起程往红叶小学。萧导的车在前带路，从公路转进山中之后，往上坡开时，有一段路只觉得一座雄伟的大山就紧贴着你左侧车身，气势逼人，我的小灰车不禁有些胆怯了。

红叶小学在山中的山中。

我们悄悄地进入校园，原本目标是对准了校园里有名的"台湾苏铁"来的，不想惊动正在上课的师生，没想到还是打扰了。

校长走到校园里询问我们的来意，知道是为了在台东美术馆年底的画展拍纪录片，很高兴地邀我们来参观整个小学。

校长姓柳，柳旭龙先生，已经到校四年了。他恢复了棒球队，学校里还有桌球"国手"，又有篮球队。下午三点多的时候，爱动的学生都在操场上，听说不打球的学生之中，有人正在练书法。

校长很自豪，全校六十六个学生，他都很了解。

老师带我们参观了中、高年级的教室，其中有一班还朗诵了课本中的一段，那是我的一篇文字《理想》。在六年级的班上，老师给学生在银幕上放我的官网里面的《写给海日汗的信》，原来，世界可以这么小，这么亲近。

但是，进到为了纪念当年的红叶棒球队 [1] 而设立的展示馆之时，世界为什么又变成这么遥远、这么冷漠了呢？

当然，展示的所有文物都是在感念当年红叶小将给整个台湾带来的荣耀、欢喜以及自豪。甚至可以说，整座岛屿因而在他们的胜利中建立起了极为难得的自信，由此获得了一种新的力量、新的生命。

可是，这个新的台湾，又向红叶棒球队还报了什么？

墙上展示着球员的名单，有好几位的名字底下都写着"往生"。我匆匆一瞥里，至少有六位。而其他球员的现况也大多是在他乡做"佣工"。

不是说做佣工不好，而是说如果这些为我们争光的小球员，能够得到更周全、更有远见的照顾和培养，不是单纯只有一时风光的话，相信他们今天应该会活得更久、走得更远一些的吧。

在群山环绕的红叶小学校园中，有一棵桃花心木，上面绑着当年练习挥棒用的旧轮胎，已经被树干本身的生长覆盖起来，仅只剩余左下方的一个角落还暴露在外了。

[1] 红叶棒球队是位于台湾台东县延平乡的红叶小学所成立的一支少年棒球队，一九六八年八月二十五日以７：０的悬殊比分击败由日本关西地区选拔出来的日本少棒明星队。红叶棒球队的表现，使台湾掀起少年棒球的热潮。

惊动全台的胜利好像是一九六四年的事？听柳校长说一九六八到二〇〇八年间，红叶小学不再有棒球队，是他在二〇〇八年恢复的。所以，四十年完完整整的时光，这棵桃花心木独力为当年的红叶小将构筑了一座纪念碑，纪念那无邪的心、无敌的勇气，以及无情的沧桑。

二〇一二年三月二十一日

昨天傍晚时分，抵达了另外一处民宿。应该是给非常年轻的背包客住的地方，客厅里所谓的沙发就是直接放在地上的软坐垫。我根本不敢尝试，自知或许坐得下去，但是就再也没办法站起来了。

幸好卧室里面的床很高，很容易坐卧，特别为我搬进房间的书桌也很实用，还有一只非常温柔的大白猫已经先坐在书桌上等我，一切都变得可爱可亲了。

民宿主人也年轻得很，很讶异我为什么会想来她这里过夜？我说，这只是因为她和我都认识一位诗人的缘故，由于诗人的介绍，我是寻路前来的。

民宿就在铁轨之旁，整个晚上我都在分辨各种不同的车声。有的火车车声轻巧，仿佛是滑行而过，有一两次，却是像有飞机低飞而过的闷声巨响，好不惊人！（听说是莒光号。）大半火车都过站不停，唯一听到的停车声，是晚上九点二十八分的一班南下列车。

所以，不能说自己睡得很好。可是，这铁轨旁的民宿又实在可爱，一种极为安稳又新鲜的可爱。主人彦儒早起为我做早餐，烤苹果，还蛮好吃的。

我和她在十点钟出发，再去走一次县道一九七。雨后的这条山路极为幽静和湿润，颜色特别干净，视线也特别清楚，远远的山岚美到不行，可说是丰收！

长长长长的云顺着卑南溪旁的群山织成了一条厚实又圆柔的白围巾，是大自然的奇异恩典。去年冬天来的时候我就注意到花东纵谷里云与山的比例了。但此时此刻，云巾的厚度与长度更是夸张，是因为春天吗？还是说，整座都兰山都在吮吸着卑南溪的水汽？如此绵密，如此温柔……

在山路上，两次遇见那种体形非常小的小鸟。原先是在路旁积水的碎石地上，初始，我以为是一群蝴蝶在吸水，直到靠近时它们飞起来，才辨认出是小鸟。停车往树下走去，它们却都躲起来了，好像是暗棕色羽毛的小雀鸟，应该是天然的保护色吧，躲进枝叶深处，任谁有再好的眼力也看不见了。问彦儒，她也无法确定是何种雀鸟。

再往下去了池上，当然要去尝一下好米煮成的便当。那一望无际的稻田上，还是横列着那条长长的白云织成的围巾。春日池上，秧苗的绿，幼嫩得让人心疼。

二〇一二年三月二十二日

早上是被日出的光耀所惊醒的，大概六点刚过几分。

九点钟之前，和彦儒在门口道别，她问可不可以拥抱我一下？因为这两天的相处很温暖。我也想要好好拥抱她，这么年轻又这么独立的女孩。

两三天换一处民宿是为了多认识一下台东，不过是不是个好主意还有待考验。

原本想在台东市区随便走一走，却被那炎炎烈日逼得躲到咖啡店里来了。还只是三月，就热成这样，有点后悔了。

但是下午去到鹿野，住进林老师的民宿，对着那一扇寂然安然得难以形容的窗户，整颗心又静定下来。从民宿的风格，也稍稍可以感觉到主人的性格。夫妻二人，一人从事文学的工作，一人在退休后重拾绘画的志趣，在都兰山下同心合力开垦出一座静谧的园林，真是令人羡慕。

二〇一二年三月二十三日

早上五点多钟就被鸟叫声唤醒。不过昨天晚上是九点多就上床了的，所以也无妨。

我的房间，从窗前就可以观赏日出前的云气变幻。书桌的方向是面向东方吧，整座都兰山下应该就是卑南溪了。开始只是一株槟榔树后那一点点的白色云气，然后逐渐弥漫到左方和右方，变成一层薄纱似的云雾，这些云雾，是不是在午后就要上升到山峦之上的那条白围巾的先期作业呢？

今天去了史前博物馆。一个人从中午一直转到下午四点多，还意犹未尽。

看到许多动人的名词："海相化石""海漂植物"，还有"孑遗动物"，几乎就已经是一首诗了。

名称、实体、时间、事件，似乎都已包含于其中，呼之欲出，并且毫发无伤。

我是在逃避画展的压力吗？为什么这么想写这一首诗？仿佛是一种诱惑，一直在重复念着这几个名词。

写吧。不管能否达其意、尽其言，就开始写吧。此刻有整整一座都兰山，整整一条卑南溪在陪着我呢，是多么好的时光啊！

在花东纵谷间一个清香的春日夜晚，在一张陌生的书桌前，把桌灯打开，把我的稿纸和笔拿出来，让我把一切都放下，全心全意地开始写一首诗吧，好吗？

二〇一二年七月三日

诱惑怎么那么多？

刚婉拒了香港光华中心还有香港书展的邀约，又挡不住瑞士卢加诺（Lugano）的第十六届"夏日诗歌节"的诱惑。高高兴兴地去跑了一圈回来。（还顺道去了布鲁塞尔与巴黎。）

现在，又要准备去内蒙古的阿鲁科尔沁了。主要是可以重访我们林丹可汗的白城，诱惑太大了，怎么办？

虽说绝大部分的油画，都早已画好了，而且前几年的作品，没展出过的，也可备用。但是我最想画的那两幅大画还没动笔，来得及吗？

不能再犯错了吧？

记得是十九年前，在台北一个画廊举行个展。原本野心很大，可是展出的时候，想要画的那几张都没画成，虽然墙上也都挂满了，我心里还是觉得很愧疚。就向几位来参观的好朋友道歉，我说：

"对不起。这次画展不算。"

想不到，站在身旁的云霞当时就转过脸来质问我：

"上次画展，你就说不算，等了两三年，这次你又说不算。请问，到底要等到什么时候才算呢？"

我整个人被惊吓住了。原来，上次的我，也是如此吗？我那自认只是来不及画出来的画，到底是我力所能及，只差一点时间一点努力就可以实现的理想？还是我根本力有不逮，永远都不可能达到的幻梦？

或许，一直以此责怪自己的所谓"不够认真""不够努力"，其实并非真相。

真相藏在一个密闭的洞穴里，我从来不敢去试着打开它。

在创作这条长路上，一个人到底是具有自知之明比较好，还是没有自知之明比较好？

可是，就这样懵懂甚至逃避般地过了一生，是多么可惜的事！

无论如何，不能再犯错了吧。

二〇一二年十月十八日

今天从家里开车去台北。上了新生高架之后不久，就从右侧出口下到要去民族西路的那个方向，由于等红灯，只好停了下来。随意地转头向左方桥柱上看了一眼，在粗大的水泥柱上留有一处轻微的印痕，是些卷曲的线条。

应该是当年桥柱表面水泥未干之时，碰巧旁边不知为何从什么机器里有一小截弹簧弹跳出来，弹到这湿润的水泥柱面上所留下的痕迹。

印痕虽浅，却极为清晰，卷曲的弹簧形貌在碰撞的瞬间因而完整地留了下来。

我当时只是有点好奇而已，绿灯亮了，就继续随着车流前行。在缓缓行进之中，不知道为什么，自己一个人在车中开始流泪，缓缓流下的泪水，不汹涌，却也不停止，陪着我默默行驶了好几公里的路程，一直到了我必须弯进停车场的入口之时，才因为分心而得以止住了。

我知道，这泪水不同于平日生活中因为有些情绪的波动而引发的落泪。不是，绝对不是。在之前和之后，我的心情都是极为平静的。

心情极为平静，却突然地泪落不止，在多年前也曾经有过一次。（也仅仅就是那一次而已。）

是久违了的悲伤前来造访了吗？

在这一段路上，流着泪的自己也在慢慢地寻找原因。最后，我猜想或许是因为昨天终于把那张最想画的《旷野》给完成了的缘故。

想画了那么久的一张画，想画了那么久的一片旷野，昨天终于算是画出来了。

从初见蒙古高原开始，这么多年来屡屡被那无垠旷野的气势给撼动了的心，昨天终于算是竭尽全力地表达出来了。

是这"竭尽全力"的过程碰触到生命里一个奇异的关键点上，因而引发出今天如此安静缓慢却又始终不肯停止的热泪吗？

十几二十年了，一直在用着文字来描摹这既是生命的根源却又是刚刚才触及的世界，却始终不敢用画笔来画她。仅有的一些小小画幅，常是从高原归来之后追忆的几处角落而已。

相对于自幼生长在蒙古高原的画家们，我观察高原山河的时间太短，在当地写生的机会又太少，而想要把握旷野的气势，的确是需要勇气的，需要一种沛然莫之能御的勇气才可能做到。这勇气，我不相信我能有，因此也始终不敢去试。

可是，现在有了这么好的展览空间，有长达两个多月的展览时间，不去试一试的话，将来一定会后悔的。

所以，只好孤注一掷了。

这几天的工作，只是默默地埋头拼搏而已。什么都不去管，什么也不敢想，一个人躲在画室里不断地在画布上涂抹。到了昨天深夜，终于停笔之时，自己也并不满意，可是，也不能再修改了。

如果只能做到这样，那么我也只好承认自己"非常有限"的能力了。不过心里很明白，无论如何，我已经试过，并且是竭尽全力地尝试过了。

是昨日的认命，引发了今天的热泪吗？

好像是一种顿悟。不过，了悟的人，不是眼前这个曾经执笔拼搏并且终于服输的我，而是盘踞在生命深处始终不肯放弃的另一个我。

她的热泪是在向我传达什么讯息？

难道是在说，我们这一生无论是谁，想要竭尽全力去做的事，或许没有任何意义？就如刚才所见，那些留在水泥柱上几条浅浅的印痕而已，甚至，或许连这样的痕迹也留不下来。可是，她就是不想放弃？

是这样吗？缓缓落下的泪水是这个意思吗？我其实不太确定。唯一能做的，就是把今天的经过写下来，写在日记本上，留待日后再来思索，再来解答吧。

二○一二年十二月四日

一早坐飞机来到台东，进到美术馆的时候，前天运到的画已经分别放在两个展厅之中，零乱地靠在墙边，其中有几张的包装已经被工作人员打开了。

放在墙边地上的画，显得极为零碎，很小又很少。

我心忐忑。这样的分量，如何能够展示？虽然陈永贤老师的助手旺廷，也是这次布展的实际执行者，已经一再劝告我，不可再多加作品。并且还画出立体的空间图给我看，说是绝对够了。可是，眼前这些零零碎碎的东西，实在让我心慌啊！

两点钟，布展的人全员到齐，工作到五点半。虽然有两个展厅，我却只在意那间大的，因为全部的油画要在此展出。

从一开始，我就动也不动地在角落里做个安静的旁观者。整个布展的时间有五天，可是对我来说，最重要的就是现在，就是此时、此地、此刻。

在这间展厅里，我要当我自己的评审，严格审查这些油画，到底有没有展出的资格？

挂上去的第一张小画，是二○○二年画的那一张蓝色月光下的速写。原来在墙角小得可怜的二十号的画幅，当它被放在和视线相对的位置并且平贴在墙面上的时候，忽然就变得端整和致密起来，有些不一样了。

等到那一张三连作《心中树》挂上去的时候，才发现这个美术馆的空间真是不一样！在画室的画架前怎么样也无法让自己安心的所谓"作品"的东西，怎么一旦挂在这一面墙上，在家里看不见的质地都一一显现出来了。何等安静而又迷蒙迷惘的《心中树》啊！我竟然画出来了，我竟然真的画出来了。

一个下午只能挂好一个墙面，那张《旷野》还要等明天才能工作，可是我已经不害怕了。原来展出场地的好坏是如此重要，它可以诱发出一张画里最幽微最美好的质地，这才是最大最重要的收获和鼓舞。

我心怀狂喜，如醉如痴。身体却是又累又饿而且几乎有点难以举步，是刚才这几个钟头里累积起来的紧张情绪突然放松了的缘故吧。

不过，现在的我还不能去吃饭，不能进入任何喧哗明亮的场所。只能赶快叫了部计程车回到旅馆，进了房间灯也不开就去躺在床上，一个人在心里一遍遍地回想刚才的那种感觉。

是一种近乎疼痛的狂喜，一种忽然重新发现了自己、肯定了自己的那种狂喜。

所以，应该是可以继续画下去了吧？

好几年了，心里莫名地惶惑，在画架前不知如何开始的那种沮丧。不想再画莲荷了。虽然在二十多年的岁月里，我曾经充满了热情，不断地描摹着它们的花与叶。如今想去画那一直在呼唤着我的旷野，可是空有满腔的热情，却找不到多少可以依凭的线索……

好几年了，我就卡在这里，卡在这一道沉重窒闷的障碍之前，进退两难。不是技巧的问题，不是热情的问题，我想，我欠缺的就是勇气，全心投入去拼搏一次的勇气。

这种"勇气"，在年轻的时候呼之即来。此刻却明白，它原来是会随着岁月年龄的增长而逐日减弱，逐渐消退的。

如果不是锦忠的催促，如果不是台东美术馆展场的诱惑，如果不是心里还有着隐约的盼望，我恐怕就会和"重新发现自己"这样难得的机缘失之交臂了。

这个美术馆的设计师是谁？他怎么可能让这一间展厅充满了魔幻的能量，在瞬间点石成金，让已经几乎要向时光投降的我，在此刻突然对自己充满了信心。

二〇一二年十二月六日

《旷野》也挂在墙上了，心情开始变得静定。那一张《与荷共渡》也终于找到它自己的位置。有点可怜的这一张大画，展出过两次了吧？今天才终于有了足够的空间来伸展。

关于空间，我写过的那几句诗：

像这样　我们终于发现了真相
原来空间的广大　才是
博物馆的精华
包括威严与瑰丽

都需要　一段表演和展示的距离

应该是写在《光阴几行》那首诗里的一段。其实，除了空间，还必须有一种气氛的烘托，真的有点像是舞台了。

二〇一二年十二月七日

这次展览，油画部分，除了有三张荷花是旧作（应蔡先生的建议，向台东观众做一些自我介绍）之外，其他全部是从未展出的新作。

但是在第二展厅里的淡彩、素描和激光版画等等的年代就比较混杂。我还请圆神出版社的凤刚，帮我把十二篇小品散文做成展示板展出。至于有一面墙，则是从高中时期开始，每年挑出一首短诗来展示的"诗墙"，就真可说是诗的回顾展了。

诗是我手抄的，用针笔写在和纸上，再配上浅色的细边木框，以五年或十年为一个单位聚集成几个块面。（当然，中间也有短缺的几年。）

在这面墙的近旁，一个特制的小展示台上，放了一张已经发黄的小纸张，上面有几行字，用钢笔写完后，又用毛笔来涂改得很凌乱的几行字，那是我初中二年级在日记本里写的第一首诗（如果它称得上是"诗"的话）。

放在这里，只是想展示给年轻的朋友们看，这就是我的"开始"。如果你想写诗，就去写吧，每一个人的开始，不都是这样吗？

今天是韵梅来到美术馆，和她一起参观这个展场的时候，伫立在展示台前，对着这张小小的发黄的诗稿，她说：

"我从前也写过这样的东西，为什么没有留下来？"

声音很轻，似乎只是在向自己发问。

是啊。我又为什么会把它留下来呢？我也在此刻问着自己。

我想，在那个久远的年代里，初到一个新的环境，作为一个寂寞而又狼狈的转学生，我其实一无所有，只有那本日记。

是的，只有它接纳了我，静静地与我对谈，让我从此养成了以文字来整理自己的生活甚至生命的习惯。是由于对年少时这几本日记的感激与不舍，才让我留下了这一首"诗"。（如今回头望去，那真是个一无依凭的动荡时刻。父母本身努力隐藏起来的不安与忧惧，幼小的我并非没有察觉，尤其因为那种竭力提供的温暖和光亮，反而让周遭的黑暗更显巨大。）

在这个展场里，还有旺廷所带领的小组做成的新媒体展示，几个年轻人的想法很活泼，荷花与山樱在荧幕上动了起来，清新亮眼。

萧导的纪录片也制作完成，开始播放。

一切都准备好了。

二〇一二年十二月九日

今天依然是从公教会馆步行到美术馆。无风无雨，是个温暖的日子。一个双肩背的小背包在身后，里面放着水壶和纸笔，在已经熟悉了的人行道上慢慢行走。

展览已经开始了。生活步入常轨，因而日常种种琐碎的困扰也出现了。譬如请柬和海报上有错字，等待中的邮件迟迟还没收到之类，不过，这些都是小事。我不断告诉自己，整个展览计划的完成才是最重要的，要珍惜这么多人帮助你完成的这一切。

计划全由台东县政府支持，除了在台东美术馆办一场个人画展之外，还可以在台东各地居住一个月（自己选择民宿，选择每次停留时间的长短），其他没有任何要求。

至于几场与大学生和中学生的场中对谈，反而是我自己提出来的，作为对这样的善意的一种回报。

诗人徐庆东在去年一见面的时候，就给这个画展取了名字："在台东遇见席慕蓉"。

我喜欢这个名字。不过，今天走在台东的街道上，我心里想，真正的现况应该是：

"席慕蓉满心感激地遇见了台东。"

二〇一二年十二月十五日

锦忠的妻子美女，是台东大学音乐系系主任。早几天她就说要带学生来我的开幕式玩"音乐快闪"。开始我还有点害怕，婉言拒绝。理由是我比较古板，可能不适合这样的演出。美女笑着劝我："老师，放心，你一定会喜欢的。"

果然如此。今天，一群年轻的学生原本分散在众多的宾客之中，忽然有一个人开始唱歌，然后，清朗的歌声从不同的角落出现，他们唱的是《奇异恩典》。逐渐地，这些年轻人聚集在台前，青春的面容和活泼的身体动作，再加上悠扬的歌声，把在场的所有人都聚集成为一个整体，画展的开幕式就这样轻轻松松地开始了。

副县长张基义先生和陈永贤教授都说了话。台东的朋友有人带了漂亮的花束来给我，有人带了甜食。还有许多朋友远从花莲、高雄甚至台北前来，包括"癌症希望基金会"二十多位的大团体，还有特意从北京赶过来的兆鸿。

其楣早一两天就来了，在我身旁坐镇。想不到的惊喜还有邵玉铭教授竟然代表"癌症希望基金会"的朋友们，朗诵了我的三首诗。

然后还有娅力木教授的大提琴演奏，还有诗人恕明帮我请来的卑南族下槟榔部落的"妈妈小姐合唱团"，盛装前来的团员里有恕明的母亲。她们的笑容温暖，歌声温暖，让我的心变得极为柔软而又平安。

席慕蓉啊席慕蓉！可知现在是多么重要的时刻？画得好坏与否都是其次再其次的事了，生命里最宝贵的时刻就是现在。

现在，有这么多朋友怀着最单纯却也最珍贵的善意前来，向我祝贺，给我鼓励。这是时光之神用金丝逐日逐年细细织成的赏赐，是名副其实的奇异恩典啊！

我衷心感激。

二〇一二年十二月十七日

这两天和兆鸿都住在公教会馆。我在美术馆的时候，她自已也去走了不少地方，累积了不少心得。

今天陪她去池上，两个人弯弯曲曲地走过一些很僻静的角落。然后再坐上计程车，往鹿野行去。

在车上，兆鸿一直说着台东给她的感动。空气新鲜是不用说的了，从北京来的朋友一下飞机就感觉到了。这样的大山大海就在眼前，饱满又细致的美景，已经让兆鸿赞叹不已了。再加上居民的友善亲切，生活态度如此从容，兆鸿说，她整个人都完全放松了。自己平常出门在外那种时时刻刻的戒备感完全用不上，甚至连该害怕的时候也没害怕。

我问她是什么时候该害怕？她说，如果换一个地方，像刚才我们走过的那些僻静无人之处，很有可能会遇见歹徒，那可怎么办？

我笑了，还没来得及回答她，前座的驾驶先生已经先替我回答了。以沉稳而自豪的语气，他说：

"在我们台东，你不用害怕。"

这位先生剪着平头，身材壮硕，应该刚刚进入中年，说话的时候并没有回头，继续平稳地往前开着车。

在这一刻，我是多么自豪地发现，原来，我与他是同在一块土地上，同属一个群体的。

所以，我不禁把他的回答再重复了一次。高高兴兴地对着兆鸿，我说：

"对！在我们台东，你是不用害怕的。"

第三章

关于诗

时光已老，诗，在此时对我已非语言、意念和几行文字。它是生命本初的渴望，如离弦之箭在狂风中，犹想射向穹苍。

父母的鎏金记忆（应在 30 年代中期之后，可能在南京）

诗三篇

（一）

把我粉碎吧

我纯白的身躯交付给你

你平坦的胸膛已逐渐剥落

在剥落的黑色里

长出智慧的花朵

《粉笔，黑板》一九五八

是我第一首发表的诗。应该是高二时投稿到校外的教育刊物。已经忘了这杂志的名字，短短五行的诗却一直记得。

淚·月華

民國 三八年 三月 十二日 星期 四

忘不了的 是你眼中的淚.
映影着雲間的月華

昨夜 下了雨
雨絲侵入遠山的荒塚
那叢叢的相思太的樹林
遮蓋在你墳上的是青色的蔭
今晨 天晴了
地毯似爬上遠山的荒塚
那輕輕的山谷裏的野風
排成在你墳上的是白頭的草

黃昏時
誰能到墳向去辨認我彼的墓碑
已遊忘了埋葬時的方位
只記得哭的時候是朝着斜陽
隨便吧
選一座青草最多的
放下一束風信子。
我本不發海底淚.

明知地下长眠的不一定是你
又何必效世俗的扫墓

是几百年了吧
这么长的梦
还没有醒：
但愿现实变成错的童话
你只是长睡一百年
我也陪你
野蔷薇在我们身上开花
夜莺鸟在我们耳间做巢
蝶蝶栖息在我们衣褶里安息
转瞬间就过了一个世纪

但是这只是梦而已
远山的山影吞没了你
也吞没了我忧郁的心
回去了，穿过那松林
林中有模糊的鹿影
坡上开的是什么花
为什么但但还是带泪的脾。

（三）
我心里有一个不可能的爱，
我也从没想到让它变成可能，
纵然湖边的白塔永远依恋着云彩，
湖心却常为那倒影掀起涟漪，
芦苇耻笑我的痴呆，
他又哪能知晓我心中的秘密，
塔啊！
我不妒忌别人对你的爱恋，
因为你的影子永远在我心底。

《湖的倾诉》一九五八

《湖的倾诉》一九五八年三月发表于《北师青年》七卷二期。

我只记得几句，承蒙诗人方群热心，帮我找到原刊本，是我高中二年级时的诗作之一。

日记与笔记摘抄 十二则

一九九二年十二月二十五日 台北

十二月五日在"知新艺术广场"的诗歌朗诵实在是一次难得的经验。范毅舜和蒋勋在前，我是第三个上场，用三十分钟时间朗诵十一首诗。诗都不长，可是已近晚上九点，听众应该很累了，可是我能感觉到他们的屏息以待。那种绝对的安静非常令人振奋，仿佛是一种用声音来单独进行的创作。那安静就是空白，就是稿纸，那一字一句聚精会神慢慢发出来的声音就是一行又一行的诗。

忽然开始真正知道什么叫做"诗质"了，原是如此简单而有力的生命绽现。我生命里最好的一部分也都在这里了。

当然不能忽略东华书局的准备工作是那样慎重，麦克风好得不得了，一切都接近完美，真是难得的盛宴啊！

二○○○年初 淡水

好像是在极缓慢的行进中忽然感觉到了那一闪而过的什么——诗，是与生命的狭路相逢。

二〇〇一年二月二十一日　淡水

所有的诗人想要叙述的，都是自己的生命。有人终于找到出口，有人却误入歧途。

我爱的是那些知道自己已经迷途的诗人。知道这是歧路，这一切并非自己原初的想望；然而，那样的徘徊，以及不知所从，或许才是"诗"的真义吧。

诗，不是理直气壮的引导，更不是苦口婆心的教诲。诗，只是一个困惑的人，用一颗困惑的心在辨认着自己此刻的处境。

二〇〇二年六月二十七日　从克什克腾到呼和浩特的火车上

诗是挽留，为那些没能挽留住的一切。

诗是表达，为当时无法也无能表达的混乱与热烈，还有初初萌发的不舍。

诗，是已经明白绝无可能之后的暗自设想：如果，如果曾经是可能……

诗，是一件从自己手中坠落的极珍爱的瓷器，酡红与青碧，是记忆里慢慢捡拾的碎片上浮出的颜色和心悸……

诗，终于只能是——

生命在回首之时那静寂的弥补。

因此，诗人与读者的沟通绝不可能在群众旁观之下完成。真正的"素面相见"，只有在独自一人面对书中的一首诗的时候才可能发生。

二〇〇三年九月三十日　淡水

如果没有译者，我们如何能吟诵这地老天荒？

所有的语言或文字记录，都是转译过来的。面对天地，我们写下一首歌词，写得成功，才能流传下来，仿佛写作就是把生命现象转译成文字，我们才可能明白。

如果不是站在巴尔虎草原之上，我如何能够明白那译文中所埋藏的真相。

天地万物才是生命中所采用的原文，一切的记录只是试着来翻译而已。

我一直活在一个转译的世界里。

年少时，在外婆和父母亲的话语里，在他们的描述中，我所看见的蒙古高原是个节译的版本，许多地名在其中浮现，熟悉无比却不知其意，一直到亲临宣化城城门之下，才算是读到了原文，或是到了经棚，才隐约感知到往日是番什么模样。

而对蒙古的天地万物的描述，再怎么精确也只能算是译文的程度，包括"地老天荒"这四个字，就非要在我走上不知几万平方公里的巴尔虎草原之时，才能明白"原文"的真相。

天地万物都是原文，而我们对这一切的所有描述，包括历史、地理，包括文学，都是译文。

译者如果能同原文切磋得越久，感受得越多，一般来说，应该就会译得比较周全。

但是，也有相反的例子。就是当你年深日久地处在原文之中，有时距离消失，你反而会对她一切的独特之处，视而不见了。

我的幸运，是不是因为心中一直有着渴望，而实际上又对眼前的草原一无所知呢？

二〇〇五年三月十三日　淡水

昨天在众人前读《借句》，读到那一行"要如何封存——那深藏在文字里的我年轻的灵魂"之时，忽然悲从中来，忍不住就流泪了。

难以说明的突击，生活里实在没有什么恰当的文字可以解释这种突发的事件。只能猜想，诗里有一个隐藏着的我，她的特质是现实世界的我所难以衡量和描摹的。所以每次才会突然出现，那是生命内在的矛盾与混乱，还有不安与不甘……

在尘世中循规蹈矩地活着、参与着，只有诗，才能忽然点醒我自己。

二〇一三年十一月十七日　淡水

我喜欢的一位诗人说："诗，有如回声……"

多年之前的我，不也曾经这样写过？

站在湍急的流水前，向着对岸的山谷，我一次又一次地高声呼唤，为的是想要聆听，那婉转而又遥远的回音。

那种比我原来的呼唤要美丽上千百倍的声音。

是不是也正因为如此，记忆中的一切演出，才总会完美得令我们落泪。

不知道这样算是生命给我们的惩罚呢？还是奖赏？

是《回首》这篇散文的前两段，在一九八九年春天初版的《写生者》书中。那时候，自己觉得已是在沧桑中回首，而其实，生命中的"沧桑"还没有真正来临啊！

此刻，又是二十多年的时光过去了，在回首之后的再回首，有什么不一样了？

我可以这样说吗？生命的回音依然婉转遥远如一首诗，只是逐渐隐晦不明：

"我在……我还在……我依然在……只是你已经不再能……不再能听见我了……"

二〇一六年七月五日　锡林浩特

只是为了想和我的好兄长好朋友巴岱先生聚一聚，我报名参加了七月初在锡林郭勒职业学院举行的"卫拉特蒙古学术研讨会"。这个会议，两年一届，在新疆或者内蒙古不同的地区召开，由新疆的卫拉特蒙古人主办。

海北和我，参加过一九九二年在新疆巴音布鲁克草原上举行的那一届。也就是在那次会议中，得以认识了以四种语文（蒙古、哈萨克、维吾尔、汉）创作的巴岱先生，从此就开始了我们两家的交往，巴岱先生年岁比我们稍长，我就称他为"阿哈"，在蒙古语里是"兄长"之意。

锡林郭勒职业学院规模很大，是硬体和软体 [1] 都令人称羡的高等学府，我们这次住的旅馆就是学院自办的观光级的大旅馆，七月四日报到，五日六日两天的会期。

我轻轻松松地住进来，知道自己的身份只是个来凑热闹的旁听生，没有任何负担来混两三天而已。没想到，晚餐的时候，主办者才通知我，程序表早已印好，明天的开幕式上，安排了我和另外四位学者分别上台发言，一人有二十分钟的时间。

今天早上到了会场，我只好硬着头皮上台，向大家致意之后，就说我只能在这里朗诵两首诗，一首是《余生》，一首是《有人问我草原的价值》。

开始还算平稳，但在朗诵到《余生》里的那一句："我想你是不知道的，在我的心里，还有许多许多条活着的蛇啊……"之时，就哽咽住了。但这是个学术会议，我在心里拼命警告自己不可失态，要忍住，要忍住。然后，才能稍微恢复正常，继续下去。

下了台，我的座位是在巴岱先生旁边，才刚走到他近旁，他迎着我就说：

[1] 硬件和软件。

"你这两首诗念得好辛苦啊。"

乍听之时，我有点沮丧，因为我预期他或许会夸一下我，说我诗写得好之类的称赞，没想到却是这样的一句话。

直到今天晚上，打开了随身带的笔记簿的这一刻，我才开始明白了他的意思，他应该是看见我在拼命忍住，不让自己流泪的那种努力了，那么，在场的许多人不也都看见了吗？

其实，"在我的心里有许多条蛇"这个意象，是一首蒙古民歌里的歌词，几年前朋友直译给我听的。可是，这首歌的前言后语我都早就忘记了，独独只有这一句久存在心。

用在《余生》这首诗里，我自己又加添了一些细节，而在会场里朗读之时，忽然间从心中涌出许多强烈的悲伤和无奈，甚至包括愤怒。

是的，从在二○○五年参观一间小博物馆的时候，看见墙上挖了许多凹进去的展示空间，每个空间外缘的底部是平的，上方却是拱形，远观像是一座又一座的墓穴，在每一座墓穴之内，放着一副马鞍，而我身旁的馆员却得意地向我夸耀，他们有多么丰富的马鞍收藏！

在那个时候，我的愤怒与悲伤已经开始累积了。二○一一年，走过河西走廊，在已经不知是哪一个城市里看见了一座新盖好的巨大的博物馆，在门前的广场上，我开始思忖，如果牧民把他最后的一匹马卖了，那么，马鞍要丢在这个广场上哪一处角落才好？

是的，这么多年的耳闻目睹，都被我放进这一首诗里了。(牧民的老母亲说："住在楼房里，沾不到土地，总是觉得头晕。"

有人向我转述，觉得好笑，我却心中惨然。）是的，牧民还活着，但是，也只是活着而已，所有的生活方式都被强行改变了，连一个生命从劳动工作中所得到的成就感也被强行剥夺了，而美其名为叫你享受文明。把你整片的草原夺走，给你一小间公寓，一小笔退休金，叫你就这样活着，如果你还留着一副马鞍，早晚会有人来劝你把它卖掉，卖给那一座比一座更为巨大的博物馆……

谁还敢进去？买一张门票进去找寻自己的马鞍？那曾经是你在日里夜里风里雪里时时待命须臾不离的好伙伴啊！

而你的马，你的马群呢？它们又被你卖到什么地方去了？如果再敢往深里想一步，想一寸？它们，那些曾经对你那样忠心那样服从那样相信过你的马群啊，它们恐怕早已经不在这人世了吧？

我想，牧马人以后的日子，他的余生要怎样命令自己要忍住，要忍住，不再回头呢？

想归想，诗里就绝不能再提了，太残忍了。

二〇一六年八月三十日　淡水

今天白天忽然起意，拿起一本旧书来读，那是内蒙古的学者札木苏教授在台湾出版的《草原文化论稿》。应该是他来台湾讲学时，交由蒙藏委员会出版的，时在一九九七年。

札木苏教授的专长是北方民族民间音乐和舞蹈，这本书中自然也包括了我很感兴趣的萨满教歌舞，所以也翻读了好几次，书页上方已经贴了十几张的小小彩色标示了。可是，今天一翻就翻到二九四页的一首歌，歌词对我极为熟悉：

> 雪花如血扑战袍，
> 夺取黄河为马槽。
>
> 灭我贤王兮，虏我使歌，
> 我欲走兮，无骆驼。
>
> 呜呼，黄河以北兮奈若何！
> 呜呼，北斗以南兮奈若何！

再翻到前页，才知道这首歌的名字是《厄鲁特悲歌》。札木苏教授介绍这首歌的文字我摘抄在此：

康熙年间，准噶尔部首领噶尔丹叛清。一六九六年，康熙率三路大军亲征噶尔丹，在昭莫多战役中大败叛军，噶尔丹兵败走死。十一月间，康熙率凯旋之师驻跸归化城（今呼和浩特），举行盛大庆典。对此，《圣武纪》中有如下记载：康熙"次归化城，躬犒劳西路凯旋之师，辍膳大享士，献厄鲁特之俘，弹筝筱歌者毕集。有老胡，工筱，口辩，有胆气，兼能汉语。上赐之渥酒，使奏技，音调悲壮。歌曰：雪花如血扑战袍，夺取黄河为马槽。灭我贤王兮，虏我使歌……"

厄鲁特老年战俘所唱悲歌，其词两句一段，为典型的草原牧歌风格，充分表达了卫拉特人战败后的痛苦情感。
这段史料告诉人们：延至十七世纪末叶，卫拉特蒙古人中
尚多有"弹筝筄歌"者，胡筄与筝等乐器仍很流行。

这首歌的历史背景先使我想起了古希伯来人的那一首《在
巴比伦河边》中的词句："因为那些俘虏了我们的人要我们唱一
支歌；那些抢劫过我们的人要我们为他作乐……"

可是，真正的震惊是和五十多年前的一个下午有关，和我
的老师溥心畬先生有关。

大学四年级，应该是上学期，那就是一九六二年的秋天，
溥老师来给我们这一班上国画课。不过，他要求我们的，却不
是画，而是对对子、作诗、填词。

由于班上每次只有我一个人向他交作业，而且在不成熟的
诗词里，已经透露出我对蒙古原乡的情感。他在吟诵批改之时，
常常会微笑起来，我一直记得他的微笑，和他给我的评语。

但是，其实没上几堂课，老师就慢慢来得少了，后来就终
于由另外一位老师来代课。

当时的我，完全不能知道自己错过的是多么难得的机缘。
我对水墨画兴趣不大，一心要走油画的路。可是班上有同学还
继续向老师去学习，建同就是叩了头的入室弟子，还能常常见
到溥老师。

有一天下午，阳光正好，在师大校区外的和平东路人行道上，
建同叫住了我。他说，溥老师写了前人的三首歌，要他转告我，
把这三首歌抄下来。于是，我匆忙地从书包里找出一本笔记本，

靠着一辆停靠在路旁的汽车的引擎盖上，抄下了这三首歌。

　　向建同道了谢，他就把手中那小小张的宣纸慎重地折好，也收进书包。然后我们就说了再见，各自回家了。

　　这一张从笔记本上匆匆撕下来的纸，当天晚上就被我夹进日记本里，一直留到今天。前面两首都有名字，就这第三首没有，原来，它的歌名是《厄鲁特悲歌》。

　　所以，五十多年以前，溥老师就算已经不再给我们这班上课了，他的心里对我还有点印象（或者可以说"牵挂"？），才会让建同给我捎来这三首诗歌。

　　这样的牵挂是惦记也是鼓励。那一整个秋天的课堂上，那个交作业交得很勤的蒙古女学生，相信她应该已经听见老师给她的评语了，可是又好像有点心不在焉，没有任何反应。

　　所以，再捎给她一点讯息，与她的族人有关联的三首诗歌，让她知道老师还在惦念她，或许，这个女学生会再继续慢慢地写下去吧？

　　是的，老师的苦心没有白费，五十多年后的今天，我终于完整地收到全部的讯息，并且可以告慰于老师的，就是，我也一直都在写，一直都没有放弃。

二〇一六年九月十一日　天津南开

　　今天上午，在南开大学听叶嘉莹老师的演讲，讲题是《从〈花间集〉谈起》。

　　从《花间集》的作品慢慢谈到另一个时代的欧阳修所填《蝶

恋花》一词之时，讲到词中采莲女子低头的那一瞬间"照影摘花花似面，芳心只共丝争乱"，叶老师说这是神来之笔，欧阳修的深意是从表面的美丽牵连到一个人内心的向往和追寻，那才是生命暗藏的美好本质。老师说：

"有时候，一个人一生都未必能有机会知道和认识自己的美好。"

这句话，于我是一句仿佛贯穿天地万物包含了所有生灵的悲悯评语。

我心中一热，抬眼向老师望去，高高的讲台上她正端然静立，好像还停留在刚才那句话所展现的时空之中，而时空浩瀚，"鹦鹉滩头风浪晚"，她所怜悯的不只是那一个"雾重烟轻不见来时伴"的采莲女子，而是尘世间所有的生灵……

突然间，我的心怀像是完全被打开了，热泪如雨下，怎么也难以遏止，仿佛多年来的彷徨和委屈全部都消融在叶老师的这句话里了。

是的，生命是多么难得，多么珍贵。能够生存下来这件事，从一开始就已经是竭尽全力了。之后却还不能排除所有外在的伤害与误解，自己的无知与迷失，层层障碍，处处迷雾，使诸多生命难以知晓和认识自己（即或只是在某一瞬间）的美好。

就这样浑浑噩噩地度过了原本是何等珍贵的一生。

所以，只有诗人才能察觉和提醒吗？但是，这样的诗人为数也不多。并且只是有诗还不够，对于我们这些普通的读者，还需要一位导师，一位殷切的讲授者，把诗中的深意用我们能懂的方式转达出来，甚至在某一个关键点上，还可以将我们心中因此而生发的意念顺势延伸到无穷远，这样的一位导师更是世间罕有的啊！

是意想不到的福分，听到叶老师的这场演讲。当然，要一直保持那瞬间的天清地明并不是容易的事，不过，很想写信给叶老师说出我的感激，原来诗中真有救赎，真有依恃。

二○一七年三月十七日　淡水

这是王飞仙的一首诗，诗名《徒花》。

无论如何都是徒然

当哀欢俱失

亦不再有疑念

骑兵轻驾横越浅黑色的苇原

计划回到茜草隘路的尽头

以甜蜜逆袭

那些在溪畔聚集

交换着守望心得

柔软芬芳的妻子

"我们需要更多的花朵。"

他们沿途攀折

直至野蓟穿透多疤的掌心

空巢在彼方

有风吹来轻轻晃

这首诗发表在二〇〇二年五月五日的《中国时报·人间副刊》。我与诗人并不相识，多年来，小小方块的剪报，深藏在一本小小的笔记本里，纸张已经发黄了。今天重新翻开，重新细读，还是深受触动。原来，我一直没办法做到的，在十五年前，早就有诗人把它写出来了！

千年之前的蒙古高原，有着许多此消彼长的游牧部落，是群龙无首因而征伐不止的战国时代。王飞仙的这首《徒花》，乍看似是淡笔，那在武士盔甲下小心掩藏着的思念与热爱终将落空，诗人最后却绝不肯再多加任何一字的描述，反倒是周围的场景仿佛亲临。

是的，我可以作证，大自然的场景何等丰美。从千年之前直到如今，在没有被毁损的高原北部，湿地上千顷万顷的芦苇丛可以一直延伸到极远处的天边，颜色从眼前的暗红一直铺展成黯淡的浅黑，在风里摇曳带着一些微弱的反光；而巨大的野蓟花朵有时深紫有时灰蓝，根茎坚硬的草本植物，直立的姿态有点显得笨拙，可是开花之时却有种奇异的魅力。一九九五年的夏天，在贝加尔湖畔的匈奴旧地，我曾为一朵硕大的野蓟花而痴痴伫立……

所以，痖弦老师前一阵子给我的劝告，此刻才完全明白了。他说：即使是叙事，诗中也必须有饱含诗意的"埋伏"。

这"埋伏"就是突袭，突袭进人的心底，让读过的人不会忘记，不会忘记在这瞬间，这些句子所带出来的惊喜交集的美好感觉。

这才是诗吧，不管我们是要抒情还是叙事……

　　当然，这一切也可能是我的误读，但是，将近十五年前，我为这首诗写下的笔记里有这么一段文字：

　　　　诗在人的心里，可以生发出多少不同的反应，多少不同的解释！诗，这个文类，概括性之广之深，到今天才能领会。一首今日在台湾发表的诗作，其实完全可以适用于千年之前万里之外一个征战兵士的心情和命运。

　　在繁杂沉重的日子里，能重温一首自己写不出来的好诗，真是满怀欣喜，这种欣喜是真切又静谧的幸福感，很渴望与人分享。

二〇一七年四月十二日　淡水

　　　不要让人随意地嫁祸于我
　　　不可任人伪造我们的过错

　　　梦中的骑士前来向我道别
　　　含着泪　我
　　　立誓遵从他所嘱咐的一切

　　　洗净所有的画笔重新调色
　　　要画出他纯净真诚的容颜
　　　在光明终于被湮灭了之前

梦中得句，使我卸下重担，不再执着于与人争辩，不再把自己局限于眼前的文字资料之间。

把已写了超过一万两千字的散文《克什克腾草原》全部舍弃，重新开始。

在随后这段无日无夜的书写中，为什么却是不觉疲累而满心欢喜？

是因为终于认清自己的方向了吗？

此刻我突然想到一位朋友对我说的话。那是在呼和浩特，在达利玛夫人的晚宴上。

齐木德道尔吉教授与我认识极早，是在莱茵河畔父亲的居所里。年轻的学者气宇轩昂，后来回到内蒙古大学执教，全心全意投入蒙古学的研究，成果丰硕。他也了解我对自己在原乡的探寻太晚太迟，有着焦虑与苦恼。那天晚上，针对我的叙事长诗《博尔术》，他说："《蒙古秘史》是本大书，牵连既深又广，进去不容易。你其实不需要着急。只要把自己从其中得到的感动表达出来，就很可以了。"

是多么温暖的安慰和提醒。

而在我梦中出现的句子则是："要拿你自己的笔，自己的笔……"

寄友人书——写给阿诺

阿诺：

又是许久没有通音讯了，近来可好？

最近减少出门的次数，人在家中，也不知道能够做些什么才好，反倒是在沉思默想之间，有些小小的心得，想说给你听。

记不记得，在从前，我们常常会相信，十行以内的，都算"小诗"，是属于灵光一闪的羽量级。如果要追求更深更重的分量，则非得关起门来好好写上五十行的长诗才算。

可是，最近夜读唐诗，越来越觉得五言绝句的大气。像是张祜的"故国三千里，深宫二十年。一声何满子，双泪落君前。"就让我深受震撼，一个晚上就在这四句诗里徘徊，心都收不回来；又像是王维的"山中相送罢，日暮掩柴扉。春草明年绿，王孙归不归？"那淡淡的怅惘好像可以在暮色中延伸到无穷远。

阿诺，这些诗在年轻的时候都读过，可是，如今隔着沧桑再重读，真是无限惊喜啊！你说，我们能够因为整首诗只有二十个字，就把它归入"小诗"类，并且因此而界定它是"轻、薄、短、小"吗？

字数的多少，诗行的长短，与诗的气势有些什么相关？

是好多年以前的事了，有一次，海北翻看了我书架上的一本关于色彩学的书，忽然笑着叹了口气，他说，书上这样的说法容易误导学生，为什么要说色光有"七种"？其实，在可见光的范围之内，从红到紫，色与色之间，是永远可以细分差异到无限的数量的。

然而，在"分类"这件事情上，我们误导或者被误导了的，岂止色光的特质而已？

每次看到诗人被粗分成男的女的，或者老的少的之时，我都会想起海北说的这句话来。

这样的分类，与诗有什么相关？

如果再依着这样的分类来做硬性的界定，那可真是离诗更远了。

阿诺，越来越觉得，繁华落尽见真淳，诗，一定要是从诗人深心发出的感叹才能动人。到了最后，技巧都是其次又其次的小角色了，唯一的主角，就是我们的心。

我们的心，并不会因为性别的差异或者年龄的增长，就顺序地进入了无感的荒芜之地吧？

生命如此悲哀又如此美好，所有的遇合，宛如黑暗的河岸上闪动着的萤火，从此难以相忘。只有诗，才能让我们重新蜕变而成为发亮的灵魂。

在诗中，一切都是可能的。

生命应该有许多不同的模式吧？就如那变幻无穷的色光。或者更可以说，每一个生命都不一定要遵循任何固定的模式，更何况是一个想要写诗的人。

　　在诗中，一切都是可能的。经由诗，成就了我们生命深处的自由与追求。

　　阿诺，很想念你。在这忧患逼人的乱世，衷心祝福你和你的家人都平安。

　　　　　　——发表于《宁静的巨大》二〇〇八年七月，圆神出版

生命的撞击——写给达阳

达阳：

在电话里说好了这只是一封写给你的信，不够资格当作整本诗集的序言，因为不够完整，要请你见谅。

你新诗集的初样就在我手边，但是我忍耐着不去翻看其他的作品，只从目录上找到这首诗，再读一次，确定我第一次读它时的那种感觉还在，才来写信给你。

达阳，对我来说，阅读这首《穿过雾一样的黄昏》，是一种生命里的撞击。

有位朋友很感慨地说过，这个世界上有许多行业都可以论"年资"来排位置，独有"写诗"这件事，计算年资是没有什么意义的。

是的，"诗"既不等同于学术论文，也不是什么奇门遁甲，更不应该是官职、封号和爵位，这些都是要靠着持续不断的钻研或者钻营才可能得到的。

"诗"却不是这样。

它另成一个世界。在它的世界里，"前辈"与"后学"的差别只在年龄，在开始的早与晚，却不在与"诗"的关联上。

这就是为什么我要写这封信的原因。

达阳，在读你这首诗的时候，由于我们之间的年龄有三四十年的差距，所以当时我是文学奖新诗组的评委，而你则是几十位晋入决赛的参赛者之一。

我不能说在读到你这首诗之前没有更好的作品，当时，在灯下、在桌前，我已经逐首开始分类了。喜欢的、待考虑的、还有可能翻案的，它们都已一一分放在不同的位置……

然后，我拿起了你的这两页纸，还没看题目，诗里的第一句话就进来了：

　　最好的日光已经来过这里

如此清楚明白的时空对峙。这里分明曾经拥有过最好的日光、所期盼过的一切美好都曾经依约前来，我们还能期许什么呢？

而所有曾经来过的，在雾一般的黄昏降临之时，都已退下，都已隐去，只剩下身旁面无表情的旅人，眼前在漠然中运转的日子。

然后是：

　　最好的乐器也曾穿过风雨的洗劫
　　留下音乐，穿过叙事的歧路
　　留下乐手——不存在的小镇里
　　或许也有乐手如我，等待野草自己动摇倾身指出风的
捷径

这几乎是黑白默片般不断移动着的往日，影像静默，却又不时发出沙沙的声响，有风雨中动摇着的枝叶，有一整座山坡上的草浪以同一方向往远方倾斜。

然后是：

> 碰触而不参与。留下温度在潮湿的阴影里
> 而非脚印，留下花木低低掩着没有香息
> 留下字句守着情节让光线绕过我身
> 抵达黑暗，留下轮廓而非形体

达阳，日复一日的生活看似没有改变而其实变化剧烈。若是早几年读到这样的一首诗，我应该也会把它列入优选，并且在决审会议时努力去为它争取支持。可是，在初次遇见它的这个晚上，我的身份就改变了。

我从所谓评审的位置上退了下来，在这首诗的面前，还原为一个单纯的读者，穿过雾一样的黄昏，仿佛自己的一生都被这个诗人写进去了。

尤其是最后那两行：

> 穿过雾一样的黄昏搭上六点的车
> 满怀歉疚，不知要往哪里去

达阳，日复一日的生活看似没有改变而其实变化剧烈。就

在不久之前，刚刚失去了最亲密的同行者，我，一个人伫立在生命的驿站前，四顾茫然，不知道要怎么去整理这种状况，也不知道要如何面对之后的日程与行程，甚至不知道要怎么形容自己。

而你的诗却用了极为简单的几个字，就精确无比如明镜般地成为我此刻的鉴照。

是的，穿过雾一样的黄昏，我正是那个满怀歉疚，不知道要往哪里去的旅人啊！

我是在最近才看到你的简历，知道你出生在一九八二年。那么，写这一首诗时，无论多晚多近，也不过就是二十几岁的年轻人吧，你怎么会如此贴近如此熟悉我的怅惘、我的不安，还有那满怀的歉疚呢？

那天，评审结果出来之后，主办单位也同时宣布了所有得奖者的名字，都是多么年轻的诗人！在交回这些应征者的稿件之时，我忽然动念，就把你的这首诗抽了出来，折好，放进随身的手提袋里，因为，我还想再读一读。

隔天，早已和朋友约好在花莲碰面，进入太鲁阁，在几处游客不多的深山峡谷之间，我又把这首诗拿出来重读了几次。跳过有些我并不太投入的段落（一如我们仍须借助跳踏过一些不太稳定的岩石，才可能横过溪流走到对岸），我可以肯定，每次重读，每次都能感受到那同样的撞击，好像是疼痛，也好像是抚慰。诗，难道真能疗伤？

就这样记住了你的名字，也记住了这首诗。原本只想继续做个安静的读者，远远地关心你的发展，没想到这么快就与你有了联络。

　　你要我为你的新诗集写几句话，是我的荣幸，我也很乐意。不过因为自己所知不多，只能就我对这首诗的感动抒发一下，我的感动极为个人，极为主观，但是，我想，这也恰恰就是在"诗的世界"里所能享有的坚持和自由了吧。

　　达阳，你还这么年轻，我多么希望，在创作的长路上，你可以始终保有这种坚持和自由。

　　祝福你，年轻的达阳。

　　　　　　　——发表于二○一一年十二月三日　《联合报·副刊》

我不仅仅是……

看到山峦知道自己是山
望着雾霭感觉自己是云
细雨飘落时发现自己是草
蓝雀一开始啾鸣就想起自己是清晨

我不仅仅是人

星光闪烁时感到自己是黑暗
姑娘们的衣衫薄起来时发觉自己是春天
从世间所有人那儿嗅闻到唯一的欲念时
才明白我安静的心是属于一条鱼的

我不仅仅是人

五彩天穹下巨大的空，
从今天起我，只是……

——蒙古国　乌丽吉托古斯的作品　译者　朵日娜
二〇〇三年十月四日写成
（原为无题诗，属《孤独作业》诗集中之一首。）

朵日娜：

　　赤峰的天气应该冷下来了吧？台北这几天也有凉意了。

　　上个月，也就是十月中旬，到台湾的东北部去了两天，在宜兰高中和宜兰大学的两场诗歌朗诵会里，我都读了你翻译的蒙古国女诗人乌丽吉托古斯的诗。

　　在高中学生面前，我读了她那首《我不仅仅是人》，在宜兰大学，除了这一首之外，我又读了她那首《我还需要一百年》。然后，我还用自己那首《诗的成因》与她的第二首互相比较了一下。非常有趣，空间距离虽然遥远，两首诗中的想法却极为近似。《诗的成因》写于一九八三年，应该也是我刚刚进入中年之时，所谓"四十而大惑"的阶段，离今天整整有三十年了！（原诗附上给你，是我第三本诗集《时光九篇》里的第一首。）

　　在十月十八日下午宜兰大学那场，座中有位任教于这所大学的教授，是我很钦慕与喜爱的诗人，笔名零雨。她诗中有些感觉很难形容，非常独特，突兀但同时又极为深远和细致，仿佛有无穷画面。

　　那天晚上散场后，我们同车去吃晚餐，车上，她和另外一位朋友，都异口同声地说，这两首诗的译者极为难得。

　　她们说，因为译得很自然，不隔，让在场的听众都听进去了。虽然听众不知原文，或许（不！应该是"当然"）原文更好，但在聆听译文之际，也能感受到诗人所想要表达的主题，同时又能够品味出那种"意在言外"的延伸。

　　朵日娜，你可知当时我有多么得意！

所以，当她们得知你是我的好朋友之时，就嘱咐我一定要向你转达她们的问候与感谢。怎么样？朵日娜，你现在总该相信我从前对你说过的那些话了吧？

文学如果能通过好的翻译，必定是无国界的。

（当然，如果遇上了坏的翻译，也有可能是"无国界"的。因为就好像遭逢蝗灾或者水火无情的掩埋，整片大地会荒凉到让别国的人看不到你的存在。）

写这封信的此刻，稍微回想了一下，今年，我竟然已经在台北、香港和宜兰三个城市里，一次又一次地向听众朗读了乌丽吉托古斯的诗了。每次的听众反应都很好，仿佛心领神会，不需要我再多加一字的解释，这也是很奇妙的经验，我也要向你道谢。

你知道，这几年，借着不同的汉文翻译，我也算读了不少的蒙文诗歌了，但是范围还是太窄。像布里亚特、卡尔梅克、图瓦以及阿尔泰这几个共和国的诗作就比较少有汉文翻译。不过，眼前就以戈壁之南的内蒙古自治区与戈壁之北的蒙古国这两个地区的诗作来做比较的话，我有了个不一定能成立的小小"心得"，可以说给你听吗？

我觉得，在内蒙古自治区，是有许多位非常精彩的诗人，只是大部分的诗，都承受了很沉重的压力。而在北方的蒙古国，却是方向纷歧，色彩丰富，各有各的面貌。

原来，一个创作的人，不能说你自己觉得自由就是自由了，所谓宣称已经"挣脱束缚"这件事其实是不存在的。所有的一切都排列在你的周遭，或远或近、或深或浅地在影响着你的生命核心。

所以，活在蒙古国的乌丽吉托古斯才能活得跟我们不太一样，她的年轻，她的叛逆，因此可以让她更深入地看见了所谓关于"人"的自限，而更重要的是，她的周遭是何等的辽阔、何等的无拘无束啊！

朵日娜，在我从前的一首散文诗里，曾经引用过殷海光教授书信中的一段文字，他是这样写的：

"一只加拿大的狂欢鹤，需要一百六十亩的土地才能感觉到快乐，一个人所需要的真正能够感觉到自由的空间，应该是无垠广漠……居住在像鸽子笼一般狭小的居室里的人，如何能够知道什么叫做自由？"

在我读中学的时候，曾经跟随着堂哥堂嫂去拜访过殷海光教授夫妇，当时的他可说是被囚禁在一个小小的院落里，发已花白，却还有着极为朗爽的笑容。多年之后，在台湾，那个曾经被忧患层层围困的时代表面上好像都已经过去了，可是，每当我站在蒙古高原的无垠广漠之上，我就不禁会想起他说的这一段话来。是否还有许多隐形的栅栏深藏在我的心中？使我心思狭隘，使我一直得不到我所渴望的那种如狂欢鹤一般可以自由飞翔的幸福与快乐？

不过，当然，在困境中的我，偶尔也会有些难忘的时刻。

十月十九日晚上，从宜兰回台北，我选择坐火车，在火车站的对面等红绿灯过马路的时候，就已经看见月亮了。那从低空云层的掩映中不时显现的一轮明月，让我吓了一跳，怎么？又是一次月圆了吗？

黑城一隅
2005 年

席慧荣 摄

坐在月台上等火车的那段时间里，我就一直望着月亮，在心里计算着日子，觉得今天如果不是阴历九月十五，就该是十六了吧，月亮那么圆！

而不过只是一个月之前，上一次的月圆，我还和你在一起，还有好几位要好的朋友，我们相聚在古老的黑城城外，以歌、以诗、以酒，欢度了两个月圆之夜。

记得吗？阴历八月十五的那个晚上，一直下着不沾身的细雨。我们从达来库布动身得晚了一些，没能看到夕阳，而整个晚上，月亮仿佛被隔在雨雾之外，迷蒙的轮廓，彩度极低的柔黄，安安静静地镶在天边，地平线上暗黑的剪影，是黑城的几乎已半埋在流沙中的城墙。

第二天傍晚，天气极好，我忍不住提议，可不可以再去一次黑城？没有人有异议，我们就又出发了。

这次落日在从容地等待着我们，天色还很明亮，大家还可以先到黑城城内去走了一圈。有人爬到城墙高处去看夕阳，有人往城墙北边传说中黑将军突围的裂口之处去叩拜，然后就逐渐走散了。我一个人又信步绕出城外，往西方日落的平漠慢慢走去，天还很亮，游客极少，眼前无垠的广漠寂静无声，我在心里轻轻地对自己说："这就是我要的，这就是我要的……"

是的，朵日娜，这就是我要的。

在蒙古高原上行走了这么多年，开始的时候恨不得能把每一处土地都踏遍。可是，走着走着，忽然发现生命深处的需求不是这样的，有些地方，你不能只去一次，譬如黑城。

从西元两千年第一次来到黑城开始，我就不断地想方设法要重来与这座古老的城池相见。并没有什么特别的目的，有时候只要能静静地坐一会儿，无论是在城里或是城外，只要能坐在那被半埋在流沙之中的城垣上任何一处，我就心满意足了。

我喜欢那一种时空层叠，地老天荒的苍茫之感，在那一刻我好像还是我，但是又不仅仅是我自己而已。在我眼前，是永远难以挽留和难以更改的时空，悠长而又巨大，可是，唯其如此，才会让我更加相信，在这里，那些古远的神话和传说，其实很有可能是真正发生过的事情。

朵日娜，就在阴历八月十六的那天傍晚，我应该已是第六次来到黑城了，当我一个人慢慢往日刚落、酡红的余晖犹在的西方走去的时候，忽然想起昨天一位土尔扈特长者对我说过，在中秋之时，日与月的位置是正正相对的。果不其然，一回首，一轮又大又圆又薄的黄月亮，就低悬在黑城城垣的正上方。

在地平线上初初升起的这一轮满月，她的光辉还没开始散放，因而月轮本身的质感既像是古老的黄玉，又像是带有沙质的陶瓷，就只是一种极为纯净的黄，在万里无云的暗蓝色天空之上，在万里无垠的灰褐色广漠之间，与我素面相见。

朵日娜，这就是"地老天荒"这四个字的最佳诠释了吧？

面对着沧桑历尽的黑城城垣，和这一轮初升的满月，我真的能够感受到"我不仅仅是我自己"的那种喜悦和忧伤了。好像在平漠尽处，从匈奴到党项到蒙古，从居延到黑水到亦集乃路到哈日浩特，那繁华的旧梦还在，还始终没有离开……

信写长了，对不起。朵日娜，我相信我们都曾经有过"我不仅仅是……"的经验吧？而且，我们都喜欢乌丽吉托古斯，不是吗？

祝福。希望早日再相会。

慕蓉　二〇一三年十一月二十三日

又及：

还有，朵日娜，我现在知道了，额济纳绿洲对我的召唤，除了黑城，还有住在这附近的朋友。像是阿拉腾其其格，像是那仁巴图，像是色·哈斯巴根，还有他们的家人、他们的朋友，都让我想念，所以才会一次又一次地回到阿拉善。

这次最高兴的事是和三位阿拉善的诗人同台朗诵。汪其楣与我读汉文的原诗或者译诗，马英、额·宝勒德、恩克哈达三位诗人用蒙文朗诵他们自己的作品，台下有一千多位年轻的中学生当听众，这不就是我梦中的美梦？

美梦成真，朵日娜，我当永志不忘。

六月谢函——给诗人陈育虹

育虹：

又是许久不见，一切想必都安好。春天种的花，现在应该很有样子了吧?

为了明天的一场朗读活动，有几个字的读法没有把握（中文有点恐怖，有时明明是认得的字，放在别的地方却发不同的音），今天晚上在书架上翻找的时候，看见了你的《二〇一〇／陈育虹》，心中一动，就拿出来放在桌上同读。没想到，字音的问题解决了之后，你的书却一翻开就停不下来了。

这本日记好看。是一本带着风景有着温度的"读诗日记"，使我心柔软，是已经很久很久没有亲近过的美好感觉。

原来有些书是要重读的，重读之日才知初读的那时遗漏了的原是些多么宝贵的质素。

尤其要谢谢你选的诗。

这世间原本有许多许多首好诗，问题是我们通常不能与它们好好相遇。

也就是说我们通常无法选择与一首好诗相遇的方式。它要不然就是来得太早，夹在各种文类混杂的国文教科书里，还要分神去记诵作者生平和注释等等。要不然就是早年盛行的"百人诗选"那种厚厚两大册的精装版本，读着读着就累了。

其实，坦白说，即使是中文原文，有时候去读一位诗人的全集也会觉得累。分天分批地读完，好像做功课一样，崇敬之心或许不会减少，可是，诗本身就好像走远了的诗人，有点面目模糊了。

那还是原文的诗，如果读的是翻译过来的诗集，就完全要碰运气。运气好的，遇上高明的译者，有不少诗作可以成为罕有的珍品，而那些遇人不淑的，就全毁了。

对不起，育虹，我扯远了。现在，我真正想对你说的是：原来一首诗最好的呈现方式不是放在诗集里，而是被你挑选出来，单独地在你的生命你的生活里和某一个时刻某一种心情直面相对。

譬如你在二〇一〇年三月二日所记下的一段：

　　梦到爸爸，他与朋友叙完餐，送他回家后我说还有事不陪他了，他笑着挥挥手进门。从头到尾他都没说话，但感觉他很开心，感觉他什么都知道都懂。

一首《亡者》（*The Dead*），Susan Mitchell 写的：

　　夜晚时亡者走到河边喝水
　　他们放下恐惧，不再为我们
　　担忧。……
　　有些亡者找到我们的屋子

走上阁楼

读他们写给我们的信，不餍足地搜寻他们爱的痕迹。

他们相互说故事

弄出许多噪音

把我们吵醒

就像我们小时候，他们不睡

一整晚在厨房欢饮，把我们吵醒。

育虹，谢谢你的选择，把这首诗给了我。由于我的没有准备，事先毫不知情，因而才会一时百感交集，不禁泪下。

泪水是为我曾经那样年轻的父母而落下的。他们前半生的黄金岁月只有短短的二十几年，在我们小的时候，他们也不过才三十多岁，原该与友朋欢聚畅饮的时光，却已是满怀忧惧地携儿带女奔逃在一处又一处陌生的他乡了。

在香港暂时住了下来，与过去几乎完全切断，时局动荡，前方是全然的未知。在香港不可能找到工作，也不可能马上找到知心的朋友，种种忧惧逼在眼前，把他们年轻的心硬生生地与往日切割然后再捆绑起来的那个残酷无情的时代啊！我的父母陷身于其中，动弹不得。

要具备多么巨大的爱的能力，才能在孩子面前将这些全部隐藏起来，努力供给了我一段极为甜美平安的童年？

育虹，我也相信，一直到今天，我逝去的父母还始终没有离开，由于那巨大的爱的能力，他们随时都会回来。

他们如今已经放下恐惧，不再为我们担忧，并且，时时都在我们身边，"读他们写给我们的信，不餍足地搜寻他们爱的痕迹"。

谢谢你，育虹，没有比和一首仿佛是写给自己的诗狭路相逢更为幸运的事了。更何况，还是在一个诗人的日记里，带着她追想的梦境，她的孺慕以及她温柔与平和的心情。

就写到这里，祝愉悦安好。

慕蓉　二〇一六年六月十日

给"诗想"的回应

一　梦中的诗

中亚的谚语：阿拉伯的语言是知识，波斯的是糖，印度的是盐，而维吾尔的语言是艺术。

我想，在大蒙古国君临一切的那个时代，对被征服者来说，蒙古的语言应该就是鞭子了。

一直想写首诗给萨马尔罕，蒙古骑兵的马蹄声回响在巨石砌成的城墙与拱廊之间，至今还未曾消失。

但是，有谁知道？当时在勇猛的骑兵怀中，在血染的盔甲之下，有人贴身深藏着一封写在桦树皮上的薄薄的家书，等待寄出。年轻的士兵写给他的母亲，反复诉说他的思乡之情，七百多年后出土，在模糊的字迹里，蒙古的语言读来犹如一首梦中的诗。

二　诗路历程

年少时在日记本里的涂鸦，源自流离与寂寞的处境。没想到，诗，从兹竟然安顿了我困窘的身心。

诗，在那个年纪，是在丛林里的冲撞，是终于完好的奔回洞穴之后静静流下的泪水。

中年的我，谨小慎微循规蹈矩。没想到，提起笔来，竟然如此执拗，从不肯对任何的干扰屈服，我行我素，一心想要寻回那些错过的溪涧与幽谷，那些依稀的芳馥……

如今，甚至也不接受我自己的劝告。明明知道去书写原乡非我力所能及，却不肯罢休。时光已老，诗，在此时对我已非语言、意念和几行文字。它是生命本初的渴望，如离弦之箭在狂风中，犹想射向穹苍。

三　珍惜

在这几年间，诗人陈克华写了一篇又一篇的"诗想"，只因它随生随长，又不断地变幻。我喜欢并且羡慕这种自由。我们本来就很难用一两句话来定论诗是什么。诗，或许就隐藏在那"是什么"和"不是什么"之间。

并不只是收在诗集里的东西才可以叫作诗。它其实是一种几乎无所不在的存在，问题只在你从来不肯稍停，又不愿意稍稍回身而已。

一首好诗就是"提醒"，提醒你开始省察，就在读诗的此刻你内里与周边种种原是浮游不定的生命状态。

是的，"诗，是与生命的狭路相逢。"

这是我多年前说过的一句话。

诗教会我的事，是"珍惜"。

——二〇一六年九月六日　《联合报·副刊》

关于一首叙事诗的几堂课

【第一堂课】

二〇一二年八月三日

是早在二〇一〇年的十月左右吧？我的那首《英雄噶尔丹》叙事长诗第一次发表在《中国时报·人间副刊》上，几天之后，就接到叶嘉莹老师的电话，第一句话就是：

"为什么要写这样一首诗？"

然后，叶老师可能觉得自己的语气太急迫了，就调整了一下，变得比较客气，她说：

"这首诗不是不好，只是没有你的抒情诗好，很突兀。"

那天，我的回答是说，这是我的尝试，很想揣摩一下这位失败的英雄的心情。叶老师于是告诉我，如果真要写，就不能只写这一首，要多写几位英雄人物，成为一组诗，别人才能明白你要表达的是什么，否则，突然出现这样一首，是非常奇怪的事。

从叶老师一开始那着急的语气里，感觉到她的关怀，我本来也想再多写几首的，于是，二〇一一年七月出版的《以诗之名》书中，最后就有了以三首叙事诗组成的一辑，命名为"英雄组曲"。

诗集当然寄给叶老师了，不过一直没有什么机会向她请益，不知道叶老师会怎么看待这几首诗。

直到今天，与人在温哥华的叶老师通上了电话，小心翼翼地请教她这个问题。

叶老师说：

"你是性情中人，是一种直接的感发表达。不像写历史题材的诗，有一种理性的思辨，那是不一样的。"

今天晚上，我把当时快速记下的这段话抄在日记本里，我还要好好地再想一想。

二〇一六年五月二十五日

叶老师今天上午在电话里对我说，她最近很忙。当然，人在南开大学住定了，有些研究与整理资料的工作是她本来就想去做的事，但也有些外界的邀请让她不胜其烦。

在叶老师随后的解释里，我想我也许能够明白，她不愿意"文学"本身成为一种浮面的肤浅的消费品，更不愿让文学的原初之心被这个社会一再误用吧。

她问我最近都在做什么？

我说这两年夏天都去母亲家乡，在克什克腾的草原上，采访三位当地的牧马人，除了录音访问之外，还与一位当地的摄影家合作，由他追拍马群的家庭生活，从小马驹出生之后开始记录，预计还要再有两年的时间才可以有点成果。

叶老师欢喜地说太好了！太好了！要去做，并且要持续地去做。

然后，她又说：

"因为，这是宇宙间值得珍惜的事。牧马人如今越来越少，人与马之间的关系以及如何牧养和沟通的知识真的越来越珍贵，一定要有人去想办法保留下来，好好地把这些都保留下来才行。"

得到叶老师这样大的鼓励，觉得非常温暖，所以，那个一直横亘在心中的问题又出现了。在闲谈片刻之后，我就问她，有没有收到我寄去的新诗集《除你之外》？（我是托张静老师转交的。）

叶老师说已经收到了，并且谢谢我。

我向她解释自己知道书中的那首长诗《英雄博尔术》写得不好，可是还是想听到叶老师的看法。

叶老师立刻回答：

"那么我就说真话了，就直说了，你的抒情诗是很难得的。可是，你的长诗实在不如你的抒情诗。"

叶老师如此谆谆告诫，我不能再含糊应答或者默默以对，必须认真地向她说出我心中多年来的渴望。

于是，我试着去解释我自己也不太能明了的状况：这几年在原乡行走的经验稍多之后，发现，在我的周围，并存着两个（甚至多个）价值观完全不同的世界。在草原上族人心中世代传诵着的英雄人物，在汉文史书上记载的却是极为表面的功过（甚至误解）。我也不能说那些记载是错误，可是总觉得那些解释离游牧民族的时空真相太远。英雄自身的襟怀抱负，他们内里的孤独和悲欢要如何去揣想，去书写？

我向叶老师坦承，我知道自己写得不好，达不到渴望中的那个标准。可是这几年在心里翻腾着的都是这些位英雄的事迹。很奇怪，从前的我，写诗之时从不强求，而现在的我却一再要求自己去写，仿佛是一种日里夜里都放在心上的愿望一样，很难解释。

而今天上午，在电话里，叶老师是这样回答我的，她说：

"如果你心里一直有这个愿望，那么也是由不得自己的，那就去写吧。写了出来，无论好坏，也是值得的。"

突然之间，一切都变得明朗了。

这是生命的需求吗？

这是生命自身生发的渴望吗？

所以，叶老师的意思是说：如果这是生命自身生发的愿望，那就去写吧。唯有听命而行，才可能实现生命自身的要求。因此，就算诗的成就不高，也是值得去完成的。

叶老师的回答一出现，事情就明朗了。

一切是由不得我来决定的啊！

然后，叶老师也举了她自己的一个例子，并且又说了一段话，她说：

"所以，在别人看来，我们有时候做的好像都不是重要的事，但对我们自己却是非如此看重它不可。"

她举的例子是从一九四八年开始。那年，她在南京的《中央日报·副刊》上，读到几篇散曲，觉得作者很有意境，就把这两张剪报一直带在身边。尽管此后迎面而来的是战争、流离、白色恐怖等等的灾劫，叶老师却从来没丢弃过这两张剪报。

直到后来，在南开大学教书的时候，还曾经用过这些散曲来讲课或讲演。近几年，张静教授开始把叶老师讲课的录影整理成文字，陆续在报章上发表，才有了原作者宗志黄先生的消息，是宗先生的学生见到报导前来联系。

原来，宗志黄先生从前是在安徽师范学院里教戏曲的老师，也还有其他著作，叶老师读了之后，觉得其中学问很深，所以准备把他的著作重新出版，最近就在忙这件事。

叶老师电话中的语气轻快又兴奋，一副心愿得偿的快乐。是啊！从一九四八年保存到二〇一六年，已经是六十八年的时光了！这日子不可说不长，这愿望不可说不够坚定吧！

叶老师说："天下有些好的东西，必须万分珍惜地去保存。"

在我们今天通话的最后，她又嘱咐了我一次："你一定要去好好地访问牧马人，这是宇宙间很值得珍惜和保存的人和事啊！"

【第二堂课】
二〇一六年三月五日

这几天在早上刚醒来的时候，总有点惶惶然，是一种莫名的慌乱……

是因为那首长诗吗？

诗集没出版之前，如此的惶惑还说得过去，因为在等待。现在已经出版了，还在等什么，慌什么呢？无论好坏，反正一时也改动不了，不就应该一如既往地把"它"放下吗？

其实，最早的《英雄博尔术》在《印刻文学》上发表的时候（二〇一四年十二月），不过两百多行，自己还蛮喜欢的。说的是少年博尔术与大他一岁的铁木真两人初初相遇的经过。

没想到，发表后不久，却接到住在台东的好友林韵梅老师的电话，她问我：

"你的诗题是《英雄博尔术》。可是，在两百多行的内容里，我只看到这个十三四岁的博尔术，不知他'何英雄之有'？"

林老师是台东高中刚退休不久的国文老师，本身也是作家。她的提醒来得及时，让我明白了对蒙古文化里的族人来说，博尔术长成后对铁木真的帮助可说是家喻户晓，我如果只写他的少年时期也应该够了。但是，对汉文读者，这样的两百多行叙事诗，是绝对不够的。

于是，就因此又多写了八百多行。

从来没有过的经验，心中是觉得很兴奋，但那惶惶然莫名的慌乱也开始如影随形地出现了。诗集的出版日期一延再延，到了最后，不能再不守信用了，只好硬着头皮把这篇诗稿交出去。

在这段创作的时间里，有时会向齐邦媛老师请教，她给我的总是鼓励的话语，可是，如果我做不到呢？

二〇一六年三月九日

终于忍不住了，晚上给齐老师打电话，从八点半谈到十点，她果然是真正专攻史诗的教授，在她的标准里，我这首《英雄博尔术》叙事长诗就未免太单薄了。

在整整一个半钟头的时间里，她对我说了许多她自知"太

直了"的评语，可是，她又觉得自己这些评语对我而言是"金
不换"的。

也是真的，在我这个年龄，还有谁会前来对我说出这样严
厉和率直的评论？

她说长诗就是力量，不在文字的多少而在气势。

开始她说我不够强悍，写不了史诗。然后，又转过来说，
我不是已经坚决地认为自己是个蒙古人了？这"坚决"的态度，
就可以成为整首诗的气势。

另外我注明的年代和日期太过明确，少了诗意。有些词句
如木华黎的"病故"等等，也抹煞了诗意。又如少年的铁木真
与博尔术两人去追回被偷的八匹骏马之时，用三天三夜去，用
三天三夜回，却不对这段时间和空间加以任何描述，等于空白，
太可惜了。

所有的细节描述不必多，但不能没有。

她要我再去好好读一下荷马的史诗，看看别人是怎么布局
的？什么时候要柔软，什么时候要收，什么时候要铺展……

她说，我只用半年的时间来写，是不够的。应该要用以后
所有的时间把心放在上面，给平日的自己准备一个版本在手边，
随时可以加注才好。这个加注是为提醒自己，还有什么可以添
加或者删改。

但是，她又说荷马的史诗是经过几代人的修改增添才慢慢形
成的结构，我个人的时间其实也只能完成个人的修改工作而已。

言下之意，这"个人的努力"恐怕也只是徒劳而已？（这
是我心中的猜想。）

不过，说完了以上种种之后，齐老师的结论却是：

"顺其自然吧。"

放下电话，是有些沮丧，一个人走到后院去打开水龙头慢慢浇起花来。后院没开灯，只靠着路灯的微光照亮，有点暗，有点冷。

奇怪的是心里却慢慢安定下来，觉得踏实多了。齐老师这样细细地看了我的诗，给了我这么多的劝告，而且真的是我最弱的地方，这不就是我在等待的回应吗？

到什么地方可以求来这样的一堂课？

谁人会给你这样严厉的一堂课？

二〇一六年三月十一日

做人其实蛮难的。

连九十二岁的齐老师也要为了她前天的直言而再打一次电话给我。

她打来时是七点刚过，可见吃完晚饭就在惦记着了。两个钟头，到九点多了才互道晚安，连猫咪都进书房来催我去给它吃晚餐送它回窝了。

开始是一些闲谈，然后我就直接向齐老师道谢，说出我心中的感激，感激她给我上了这么宝贵的一堂课。请她相信我，我都听进去了，而且准备要去慢慢地修改。

齐老师的语气也比前一天和缓多了。

她说一来自己年纪大了，不想说空话。二来与我有交情。三来自己特别喜欢研究史诗，所以前天晚上才说了这么多。

果然是她想着我或许会生气，或者沮丧，所以今天才打电话来再解释一下。

她说的有些与前天相同，但今天又加了些新的意见。

她说不可让可汗做配角，他必须是主角，要正面出场，不能因为我说害怕就不写。就是要以主角来写他的勇敢、正直、气势。英雄气概如果没有直面战争的描写就不容易出来。

要说出一个东方人如何往西去征服。眼光、谋略、豪情、武功、血腥、杀戮，这所有的一切元素在在都需要凸显。

前无古人后无来者的西征是如何进行的？西方人歌颂恺撒在埃及所为："我来，我见，我征服。"而成吉思可汗千百倍强过此人，要怎么写出那种强大与宏伟？

齐老师又说：

"还有土地。没有土地的概念，马是怎么跑的？怎么去驰骋万里？"

她说我该让土地在读者眼前铺展开来，如铁木真与博尔术两人少年时的那六天六夜是怎么奔驰的？空间不需要一一点明，但文字中就是要有空间感，才能让读者感同身受。

（所以，是因为我自己见过那样的广大空间，就以为读者也能明白了吗？或者就是连我自己也没有足够的经验和见识，所以才无从下笔？）

她说我要把性别去掉，要去写血腥的、残酷的、战乱的史实，才会有力量。如果实在不想写的话，就得有技巧来从旁烘托。

最后，齐老师问我，为什么要急着发表，不给自己更多的时间去慢慢完成它？

很惭愧，我的回答竟然是这样的：

"我以为这诗不能再往长里写了。可是，拿出去的时候，好像是有另外一个自己不肯认可，但又不知道如何修改……"

这时候，齐老师插进来一句，她说：

"不是修改，是增添。"

哎呀！一言惊醒梦中人。我终于明白了，从前天晚上到今天晚上，她要告诉我的就是我还要多下功夫去增添这一首诗的重量。多下功夫的意思不是表面的"修改"，而是整个内在的灵魂的重量。要再去读书，再去思量，再去揣想，再去从一砖一瓦的基础做起，看能不能构筑成一篇真正有重量的叙事长诗。

我即使做不到，也要往这个方向去努力，绝不能只停留在眼前这一份单薄的草稿上。

时间晚了，齐老师结束了我们两人之间的对话。满心感激的我刚把电话放下，心里忽然闪过一个念头：

"可是，不先发表的话，怎么可能换来这么宝贵的两堂课？"

是啊！谁人胆敢打扰九十二岁的齐老师，拿着没发表的几十页的草稿去给她过目，还要请她提意见，那不是太无礼太过分了吗？

一个人站在书桌前，我不禁微笑了起来，房门外，小猫丽丽正在轻声地催促。

二〇一六年九月二十七日　淡水

在今晚的电话中，在这个风强雨大的台风夜里，齐老师对我说了这几句话：

"无论如何，叙事诗还是诗，不是真正叙事。"

"有太多说不清楚的，只有自己懂，就不要去要求别人都懂吧。因为，最伤害诗意的就是解释。"

"父母都已不在，你是以一人承受了一个故乡，你也只能用诗来写出这一个故乡了。"

以一人来承受的父母的故乡，她的辽阔苍茫非亲履斯土者难以想象。是的，有太多说不清楚的，就不要去要求别人都懂吧，好好珍惜那只有自己才懂的欢欣与疼痛。

我只知道，在人生的路途上，我的机遇，原乡与我的彼此交感，对我个人而言，是千载难逢。

【第三堂课】

二○一六年十二月二十八日　淡水

今天晚上，回想开始写叙事诗《英雄组曲》的缘起，我还要再回头摘录二○○七年八月十六日那天的日记，一切都要从日将落之前的那一刻说起：

……四点多之后，宴会散去，大家就分开了。查嘎黎带着朵日娜和我，上车直奔乌审召而去，因为他与乌审召的活佛早早就约好了，没想到中间插进这一场宴饮，一切就推迟下来。

途中天色越来越暗，查嘎黎就又打电话给活佛，说我们会晚到，因为，要先乘有天光之时去拜谒准噶尔汗国的丹津博硕克图汗英雄噶尔丹的哈剌苏力德（黑纛）。

我在车中不敢发一言，这几乎已经是我回到草原上的常态了。每位朋友都想在家中宴请我，而又有许多朋友想带我去见重要的历史遗址；地方又大，路途又远，人又热情，最后就变成这样，只能一站又一站不断推迟下去……

世代守着噶尔丹的哈剌苏力德是世袭的护旗手，和查嘎黎已经约好，早早就等在去乌审召的路口。他等在小汽车旁那样模糊的身影一看见查嘎黎的车，就远远一挥手，也不过来与我们打招呼，几乎是立刻转身上车，立刻就发动引擎往前带路了。

我想他一定是等得太久了，并且也担心时间太晚，所以我没机会看清他的面貌，更没机会与他先交谈一下。在暮色苍茫、沙尘满布的山野间，他的车速极快，查嘎黎也猛踩油门努力追赶，幸好周围几十里地无车也无人，我们这两部车子得以横冲直撞地前行，终于在越来越倾斜的夕阳光照下抵达了目的地。

护旗手可能有另外的事情，又匆匆向我们一挥手就往来路驶回去了。

无垠旷野，瞬间就剩下我们三个人，查嘎黎、朵日娜、我……

要如何描述眼前的一切？

四野开阔，茫无边际，只有不断起伏着往远处一直延伸过去的灰褐色的大地，其间当然没有任何建筑（感觉上甚至好像也没有一棵树）。

唯独在我们眼前，矗立着一座方形的水泥台座，很高，很宽，上面的平台应该可以容得下十几二十个成人同时站立聚集。而在这平台的中心，又有一个方形的基座，插着柏木的旗杆，在旗杆顶上高高矗立着的就是准噶尔汗国的可汗，英雄噶尔丹的战旗哈剌苏力德。

抬头仰望，只见高处那黑色的旄旗衬着灰茫的天空，风声猎猎，以勇猛的黑马鬃毛集成的缨穗在风中拂动，夕阳余晖为每一丝鬃毛都镶上细细的金边，极目远望，只有沉沉大地往无边之境铺展再铺展，天地之间，仿佛只有这一尊英雄的苏力德兀自独立，高傲而又悲伤。

三个人都静默不语，朵日娜向我微微靠近。查嘎黎指着高台上的基座要我们注意看，原来，在基座之前，以小小玻璃罩子罩住的圣灯里，有小朵的火苗正在安稳地燃烧。

这是三百多年来，不论在何处点燃，都是有蒙古族人在守护，从来也没有熄灭过的火苗啊！

突然之间，我明白自己已经置身在世间最素朴的旷野深处，也是世间最悠久与最真挚的信仰深处了。

渺小的我为此而战栗，也为此而满怀愧疚又满心感激，在跪下叩首之时，只敢说：

"请原谅我的冒犯，在这么晚的时刻前来。"

是的，我来何迟，恳请宽宥。

周边的暮色越来越重，斜阳却迟迟不落，在猎猎的风声里，有些模糊的字句开始慢慢互相靠近……

《英雄噶尔丹》这首叙事诗完成于二〇一〇年八月二十八日，离初次拜谒的那天（二〇〇七年八月十六日）将近是三年之后。时光何其迅急，今天已是二〇一六年十二月二十八日，又是一年将尽的时刻了。

在这九年多的岁月里，世事变幻不停，亲爱的朋友查嘎黎已经逝去，可敬的乌审召活佛也已圆寂，可是，如今的我却深信他们并没有真正离开。是的，在我们古老的信仰里，他们应该都还在……

一天又一天，我继续在日记上追溯他们给我的引领。真的，在蒙古高原上，若是没有每一位族人，每一位朋友的引领，我如何得以清楚看见自己原乡的真貌？

是的，有太多说不清楚的，如果只有我们自己能懂，就不要去要求别人都懂吧。

是的，天地间有些特别珍贵的东西，就让我们自己来万分珍惜地保存下去吧。

二〇一七年五月十五日　淡水

如此渺小卑微的生命个体，突然置身于那样复远深广的游牧文明时空之中，我，真是不知何以自处了。悸动与狂喜有之，紊乱与混杂有之，而在慢慢转化成诗作之时，仿佛每一行每一句于我都是难题。

偶尔还真的有点想念从前的自己了，从前那个写起诗来勇往直前的自己。一如诗人萧萧所言："自生自长，自图自诗，不知有汉，无论魏晋。"那样的无拘无束，是多么值得珍惜的创作时光。

当然我也明白，此刻的所有难题，都是源自命运的驱策，也值得同样珍惜。

尤其在这条长路上，我有着多少想要追寻的榜样。他们的热情、勇敢，甚至疯狂，各自以不同的面目显现，给我指引。

譬如大兴安岭的孟松林，这十几年来，专心在蒙古高原上追随圣祖的足迹，一步一步踏查当年每一场战役的山河现场，写成专书，放上自己的摄影，作为精确的插图。如他自己所言："这是世界上没有任何力量可以解救的疯狂与痴迷！"

譬如诗人与翻译家，鄂尔多斯的哈达奇·刚，多年来在民间文化上下了极深的功夫，却也不影响自己的创作。他的那首在上都写的诗，就是译成汉文也会令我战栗……

还有祁连山的尧熬尔作家铁穆尔则安安静静地为民族写史，为逃亡者作传，为被毁坏了的祁连圣山、青海神湖发声。

我知道，这一切的疯狂与痴迷，最初的出发点却都是极为单纯的爱。我知道，因为，我也是这样。

第四章

回家的路上

这两公里的月光，是一场从五千五百年前延续到今日的盛宴，我已满怀感恩地领受到了，此刻心中无限平安。在母亲的土地上，我是备受宠爱的女儿，给了我教诲，也给了我难以描摹的美。

三伯父札木苏荣与我的父亲
（应在 30 年代中期之前）

信件 三封

札奇斯钦教授的信（一九八八年）

慕蓉贤契：

从加州回到 Provo，看到你寄来的《在那遥远的地方》，很高兴，谢谢你，我们在加州时，也从《世界日报》读到你那篇《母亲的河》，很感动，也引起了不少的回忆，你这两篇佳作，以及你以前写的《腾格里沙漠》，都充分流露出我们这一批流落在蒙古以外的人们——包括你父亲在内——的心绪，许多我们用笨笔写不出来的感情，在你诗人灵活的笔下写了出来。这是我们所共有的感情，我们为此得到鼓舞，也为此引起无限的悲伤，总之，总之，我们真因你感到骄傲，唯有你才能够把一直压抑在我们心里的郁闷给倾吐出来，使我们感到舒畅。

六月末因在台北有国际宋史研讨会的召开，我们将去参加，那时再与你和慕德联络见面畅谈吧。祝

近好

愚 斯钦 同启 五月二七日
若华

尼玛大哥的信（一九九九年）[1]

慕蓉：

十二月十四日下午，我到雍和宫烧香，当时庙里没有会，念经的事要排到第二天的早晨。在庙里我一边烧香，一边向我尊敬的拉西巴克希致哀，默祷。默默地回忆起我们整整十个春秋的深厚交情，更回想起那天夜里梦到他老人家的情景。那是十一月末，也就是您打电话给我的前一个星期左右的事。

梦里，我和巴克希一起在莱茵河畔散步，他还是那样神采奕奕，一手拿着烟斗，一手放在裤子口袋里，津津有味地讲述着他年轻时候的故事。当时，他正在北京上学，每次放假回家，他都不愿闲着，老是帮他三哥干这干那。夏天有一次他帮三哥打水饮牛。过去草原上有这样的水井，用一根长长的杆子，中间有支撑，稍长的一端系有长绳，绑着一个圆桶状的水斗子伸到井里去打水，然后再倒在长条的水槽里。

巴克希打水的时候，不小心把前额碰到了打水的木杆子上，由于疼痛，他"哎哟！"了一声便用手捂住了额头。被在旁边给牛群饮水的哥哥看见，哥哥发现弟弟伤着了，不顾一切地快步跑过来给他边察看边说："我可爱的弟弟，你可伤着了吗？疼得厉害不？"然后哥哥好像对待一个小孩子似的抚摸着他的头，

---

[1] 尼玛先生是深研萨满教的学者，父亲的忘年之交，也是带我回家的兄长。他尊称我父亲为"巴克希"，即"老师"之意。

爱抚地朝着他的额头轻轻吹了吹气……

　　巴克希在一九八八年第一次谈起这个故事的时候，嗓子有点颤抖，看上去眼圈发红，眼睛也湿润了。后来，九二年圣诞节又谈起过一次。我发现他一直深深地爱着他的家乡，更爱着他的三哥。如今，最后梦见他老人家的时候，他又叙述着如同图画般清晰的故事。

　　我真不知道，以后有一天到德国，在莱茵河畔再也见不到巴克希的时候，我的心里该会出现怎样的情景。看来，我们只好在梦里重逢了。

　　十二月十五日早晨的诵经会上，雍和宫的喇嘛们为巴克希念了祝颂经，按喇嘛的指示，我从家里向南海方向默祷。

　　老家平安，放心。多多保重身体。

友　尼玛　一九九九年一月七日　北京

铁穆尔的信（二〇〇八年）

尊敬的席老师，您好：

收到您的书和明信片我非常高兴！书我每天读四到五页，有时读得多些。明信片上您画的一九八六年南仁湖印象，很像我们这儿雨中的库库淖尔（青海湖）。

席老师，我常想起那天在乌审旗，您用蒙古语对那匹青马说话的情景。记得那天，你对那匹鞴着鞍子的漂亮的鄂尔多斯青马说："他赛音白努？白其尼赛努？他亚达热杰努？"[1] 那匹青马好像听懂了，它摇摇头，眼睛柔和地看着您。那一刻，我的记忆在刹那间如寒霜在万籁俱寂的秋夜结成冰晶一样，我想起我的阿妈和姐姐就是用那样的声音把一个个生野的牦牛驯服下来的。

那时候，在夏营地上，每当黄昏，阿妈和姐姐们在拴乳牛和牛犊，总是有一个调皮的牛犊在牛群里窜来窜去，阿妈抓了几次都失手了。她开始慢慢地轻柔地呼唤那个小牛犊的名字和昵称，声音是那么纤细，颤抖着，婉转如鸟鸣。我们家的人都会用这种声音来呼唤小牛犊——小马驹、小羊羔。阿妈的声音充满了无限的爱怜和柔情，这样，无论多么凶暴的牲畜，在你这种神奇的声音下，也会慢慢变得柔顺起来，让你抓住它，套上绳索，它还会用毛茸茸的舌头舔你的手，原先凶暴的目光变得柔顺无比。

她们在呼唤小牛犊时，即兴说着一些亲切温暖的话，我想

[1] 汉文意译："您好吗？身体好吗？您累吗？"

这可能就是古老的"奶羊羔调""奶牛犊调"的起源吧。这样的
声音抚慰着兽心也抚慰着人心。

我相信，两千年前的匈奴牧羊女也一定是这样呼唤牲畜的。

文化和血缘真是很奇妙。

那时候，整个夏天我们干完一天的活就已很劳累，夜深时
人们在帐篷里沉沉入睡。我躺着从帐篷里的天窗看满天的繁星，
静静地听着在山坡灌木丛和悬崖上叫个不停的杜鹃。我的记忆
中满是杜鹃的声音、阿妈和姐姐的声音、雪水河的哗哗声、风
雨拍打黑色牛毛帐篷的声音和牛羊马儿的声音。

十多年过去了。如今，随着草原的缩小和游牧人的衰落，
我们家游牧的历史也走到了最后一幕，因为，我年迈的阿爸为
这个忙碌和艰辛的放牧已拼命到了疲惫不堪的地步。今年明年
就要彻底定居下来。这也是整个游牧人历史的缩影吧。

今年春季是祁连山草原十年间最大的一次干旱，入夏后雨
忽然又多起来了。前几天的大雨把我家夏牧场帐篷前沟谷里的
铁丝围栏都冲走了，幸好帐篷在高处。山洪过后，我父亲去寻找，
看见部分铁丝围栏埋在山洪冲塌下来的黑土崖下。我家的草场
上也有人在开煤矿，这次的山洪也许是这个圣神山脉的一次小
小的警告。

这些年来，在祁连山的高山草原上，新的矿区在不断发现，
从前人迹罕至的高山牧场和雪山深处也有许多矿区的房屋和楼
房了。祁连山仅有的几条内陆河：黑河、石洋河和疏勒河上，
水电站星罗棋布，没有人关心这个植被脆弱、水量极有限的祁
连山南北麓，隐患将于某一天爆发。

当年匈奴牧人的歌谣"失我祁连山，使我六畜不蕃息；失我焉支山，使我妇女无颜色"，真是把一切都道尽。是隐语和谶歌。

祝席老师一家吉祥如意！

好人一生平安！吉人自有天相。

铁穆尔　二〇〇八年八月三日

日记　六十一则

一九八九年八月二十九日　北京

早上六点就醒了，是亢奋还是紧张？

这次是回家还是去一处陌生的土地？幸好有王行恭同行，可以壮胆也可以有人分担，分担我的忐忑不安。

香港机场的返乡老兵令人同情，四顾茫茫，谁来好言相助？这世界已经完全变样了，要怎么才能回去？

飞机在北京机场着陆，尼玛大哥和沙格德尔先生来接，没有见过一面的两个人，果然靠着他信上所说的"蒙古人的特征"就能彼此相认了。

车子沿着机场大道直行，两边都是高大浓密的柳树绿荫，傍晚的阳光透过细碎的叶子，逆光的绿，闪着金芒。

司机忽然打开音响，轻柔的女声唱的竟然是一首老歌《今夕何夕》。

啊！今夕何夕，我强烈地想念起母亲来。妈妈已经不在了，这座城市，曾经陪伴过她的年少时光的城市，柳荫还在。

我们今晚要住的是王府饭店，离天安门不远，进去之后，像是回到台北的"来来"。

放下行李不久，尼玛就来接我们出去。车子经过长安大街，我先看到北京饭店，然后经过天安门，比我想象中的小，中间是一座纪念碑。

我们是赶赴中央民族学院去参加蒙古史诗《江格尔》汉译本发布后的庆祝晚会。

会散后，与几位教授走在校园里，空气中有些什么线索极为熟悉，秋天的夜晚里仿佛有种氛围悄悄重回。那是我的幼年，在南京度过的那些个夜晚……多年不见，此刻重新前来，看不见，摸不着，只知道它们现在就在我的周围。

贺希格陶克陶教授向我介绍他的两个女儿，一位叫赛罕卓娜，是"美丽夏日"之意，一位叫赛罕卓拉，是"美好佛灯"之意。还真是美丽又美好的少女，可爱极了。在暗暗的校园中与我们同行，在我们眼前发出如珠玉般的光彩来。

一九八九年八月三十日　北京

听说家人们要在家园的边界等我。

一九八九年八月三十一日　白旗宾馆

早上四点起床，四点四十车子出发，五点到西直门火车站行李房前，天还没亮，不少人躺在地上，都是等车的。

草原列车从东北部的海拉尔出发，一直开到呼和浩特。（是从东三省开到绥远吗？）

在家乡的边界上
1989 年

王行恭 摄

我们则是在张家口下车，已经有阿宝钢旗长和苏部长带着车子来接了。去了大境门，中午在宾馆午餐，下午上路。

经过中苏红军纪念碑，之后才被告知，那里的公路上，就是二伯父遇伏被害之地。

宝昌的边界上，侄子乌勒吉巴意日和许多家人朋友在等我，献哈达，献酒。

然后走向极美的草原，无边无际的起伏，蓝天上云朵如块状群列，第一次看到那么整齐的云朵，那么干净的草原，却又觉得分明见过。

我心荡漾，如醉如痴。晚上在白旗宾馆住下，夜空星星极亮。

　　　　　　　　　　·

一九八九年九月一日　宝勒根道海（弯泉）

回家。起程原定八时，结果十时才动身。一路上天气稍阴，云层堆积。车行四十分钟之后，爬上一座山坡，从坡顶往下看，整个弯弯的大山谷里，在广大的草原中间，有一群人列着马队在等待着，聚集的队形如一弯新月。

和整个空间相比，这个队伍显得非常渺小，可是他们是我的家人。

遂有了一整天的如迷狂般的相认与相聚。

到了晚上，我还兴冲冲地一个人往草原走去，然后，有些什么突然来到我的心中。

是疲累？还是激动？让我突然在深夜的草原中间放声大哭。

远处小屋中，初识的亲人都早已入睡，只有我一个人，站在我少年父亲认得的星空之下，站在他曾经奔跑过的无边大地之上，我一个人，号啕痛哭。

一九八九年九月六日　克什克腾

原来，"源头"的水流是这样变化的。这是我从来没有过的经验。

最初的源头水，其实是安静无声的，而且藏在深谷之中，你根本无从发现它的存在。

今天的路程很是曲折。原来并不是每一位住在故乡的人都能认识自己的故乡，像是下午要寻找河源的经过就是如此。好心的带路者是平日坐在办公室里的朋友，有人真的来过，但是爬上好几座丘陵的顶上眺望，也无法认出前进的方向。幸好有位牧民骑着马经过（还牵着一匹黑马），才给我们指出了往河源走下去的那个入口，其实就在近旁。

我们往下走的时候，沙子不断进到我鞋子里面，穿错了鞋子，只好边走边停，把沙子倒出来后再继续前行。

我想象的河源是在山壁上有泉水涌出。但是，原来源头是在下陷的谷地地面！

就在地面上微湿之处，近看只见到有水不断从地面上渗出来（你看不到水珠，也看不到究竟是怎么渗出来的），在湿地下端逐渐形成一汪浅浅的水洼，然后不过再两三公尺的距离，这些水就开始流动起来，这时候才有了细微的声音。再流过十几公尺就成为一条浅浅的溪流，再往前流去，水流的声音越来越清楚，岸边长着些灌木丛，再往前去，在稍远的杂木林与山壁之间开始转弯的时候，就几乎已经可以说是一条欢声作响，活泼地往远方流去的小河了。

王行恭说我应该去喝一口源头水，才不枉这几千里舟车劳顿一路行来的辛苦。可是溪水好冰啊！脚底的沙好像冻结的冰块，唯我心炽热，踏进河源的那瞬间仿佛被一种难以形容的幸福感紧紧抱住了，泪水突然盈眶。想到妈妈，想到姥姥，这是真的回到家乡了吗？

一九九〇年九月二十日　正镶白旗

晚间五时左右抵达正镶白旗，米旗长招待。他席间说：去年在旗边界送我时，看着我的车子走远，心想不知何时会再见了。（据说很多人回来一次后，就再也不回来了。）想不到今年不单见到人，还带了一本新出的书来[1]，非常守信用。

旗招待所已建好新楼，但是软体设备还是有缺失，到处水管的交接处都很奇怪。夜间见窗外繁星满天，星星颗粒极大。

一九九〇年九月二十二日　呼和浩特

清晨六时即起，八时左右出发，先往白旗，再去呼市。

和亲人一一道别，年轻的侄孙，两兄弟又骑上马追赶着汽

---

[1] 新书即为《我的家在高原上》（圆神版）。——作者注

掬饮源头水
1989 年

王行恭 摄

车再送我一程。车窗外，两匹马一匹是云青一匹深黑，一直追到山坡的边缘。刚宝乐德，挥手叫着："姑奶奶，再见！"他的哥哥刚素和也应和，两兄弟一直挥手，一直挥手，在草坡上的身影渐渐远去。

一九九〇年十月四日　戈壁

阴历八月十六的月亮，照在戈壁滩上，这是年轻时的外婆横越过的戈壁滩啊！我何幸而能乘火车南北往来？

月亮初升之时，大地颜色深暗，等到月亮逐渐升高，戈壁滩上草丛极为清楚，地面越来越亮，天空云层平展，如大笔挥过的笔触，天空很明亮，从灰蓝色逐渐下降为青玉色，与地平线交界之处，透明有润光。

靠近地平线的山色是暗黑一抹细线，然后就逐渐变亮，一大片眼前的戈壁滩上，砾石与草丛都清晰无比，如果有人站立于其上，其身影也必定清晰地延伸过去。

戈壁是砾石，依然有草，竟然也有蒙古包，有时还有小水潭在月下反光，像镜子一样。

一九九一年五月二十七日　德航机上

现在在德航机上，要去探望爸爸，不知是否由于窗外的云层变幻，突然想起了泰姬玛哈，那梦幻般的旅程……

泰姬玛哈曾经是书上的图片。

十年前（一九八一）我去了，两个傍晚在她近旁停留，然后离开，一切又复归是书上的图片。在这之间，我只能记得那傍晚的风。

只记得那粉黄粉红平滑如肌肤并且也微带暖意的大理石平台，和友朋散坐于其上，看白色的素馨花一朵又复一朵地坠落。只能有几句惊叹，然后复归于无声无息，复归于书中图片上的某一点，恍如一梦。

恍如一梦并非自今日始，并非自我一人起始，应是时时刻刻都会出现的生命状态吧。

此行先在布鲁塞尔下机，然后坐火车去波昂和爸爸共聚几天之后，再飞去汉堡大学，答应了 Eberstein 教授在他的课上讲演，再去柏林参加一场诗歌朗诵。不过，最重要的是和爸爸约好在慕尼黑火车站见面，一起去拜访丹僧叔叔维持了多年的小小庙堂，替他争取经费。漂泊在异乡的喀尔玛克蒙古人，仿佛寺庙在、信仰在，心魂也就勉强在了吧。回首前尘，不也是恍如一梦？

一九九一年六月六日　波昂

父亲记得，小时候，因为水草，也迁了三次，先在 Boringsomme（是个庙名），在察哈尔盟西南的 Chabete 地方。

后来往东走，到了 Tashinghenti，然后才搬到 Globengolian，就是现在的家。

"达新浑地"应是空旷的草原之意，而"果乐奔葛列"，父亲说是意指三座高大而无树木的山。在 Tashinghenti 正北面，有一高山叫 Tuemote Hairihan，是"骆驼圣山"之意。

从达新浑地骑马到张家口要走两天，而从现在这个家骑马到张家口要四天，乘汽车（当年的车）要一天。

那时二伯父（讳　尼玛鄂特索尔）在张家口办学社，翻译蒙文书籍，或者将汉文书译成蒙文并且印刷出版。请察哈尔各旗有学问的人来执笔，大约有七八位。都是私人资料，老东西。（是蒙文翻译学社，还是蒙文音辨学社？爸爸也不记得了。）大概是从民国十六七年时开始，到冯玉祥同盟军的时候（一九三三年左右）就停办了。

父亲所知的外祖父（讳　穆隆嘎）与二伯父的第一次见面，是外祖父军队被打散后去了外蒙古之前，在张家口见的面。那时第四混成旅秦旅长在张家口叛变，父亲一家在盐务局避难。当年父亲还是小学生。（父亲排行最小，上面有四位兄长、三位姐姐。）二伯父比父亲大了十六岁左右，一九三六年被暗杀去世时，是四十二岁。

父亲说，外祖父在年轻时筹组军队，只因不堪北洋军阀欺压。如果没有武力，只能任北洋军阀予取予求。

一九九一年六月九日　波昂

公园水池的一角忽然热闹起来，原来因为一只顽皮的大狼狗下了水，追逐了一阵子鸭群之后，再上岸在草地上狂奔。

在这样清新的空气里，人觉得清醒，记忆力与理解力都会增强吧？决心去收拾淡水的小屋，好好地与海北相待，这样好

二伯父尼玛鄂特索尔（汉名尼冠洲，1894—1936）。
曾任察哈尔盟明安旗总管，因反对日本干预内蒙古
自治运动而遭暗杀。

的男子，是上辈子欠我的吗？

下午回去，又要和爸爸说再见了，四点十分的飞机去汉堡。不过，等我从柏林回来时，六月十四号我们父女两人会在慕尼黑见面。

一九九一年六月十六日　德国

此刻和爸爸坐在从慕尼黑回波昂的火车中，我一直想着丹僧叔叔说的那些经历，也不时回想那七个银供杯，跟随着喀尔玛克蒙古人走过三百五十年时光的银供杯，仍然深藏在佛坛右边的柜子里。但是，谁能再向我重述那三百五十年之前以及三百五十年之中的故事呢？[1]。

一九九一年九月十二日　库布斯固勒湖畔

精彩的一日，许多颜色和色光都是初见！晨起观日出，草地铺满霜，极滑。中午之后坐小船游湖，竟然在天光水色之间睡着了，是因为累吗？还是因为心中平安？

晚上在湖边升起篝火，湖面远端是积雪的连绵山脉，说是萨彦岭，原是蒙古人的土地，现在也是布里雅特蒙古人的家园，但实际上已归苏联人所有了。

尼玛苏荣夏天是船主兼导游，平日是猎人。在篝火旁，他说，他在我们离开之后，也会离开。等初雪降下，就会去山上打猎，

[1] 此行经历已写成散文《丹僧叔叔——一个喀尔玛克蒙古人的一生》。——作者注

库布斯固勒湖

1991 年，蒙古国

席慕蓉 摄

但是一定会再回来此处，燃起篝火，那时候他一定会想念我们。

从蒙文译成汉文之后的句子，那样单纯的语句让我心震动。在库苏古泊上认得了一位朋友，知道有人会在这大湖之畔重新想起了你，土地与人的关系在此合而为一。

年轻的额日和是我一路上的翻译，他也觉得很受感动。原来在天与地之间，我们是如此累积着珍贵的记忆……

一九九二年六月六日　台北

由于许多蒙古学学者来参加"蒙古文化国际研讨会议"的关系，海西希教授那天在聚餐时和我说了一段他亲身的经历。他说，前几年去蒙古，一位诵唱英雄史诗的老者，在节目开始之前先对客人说了一段礼赞之词，他说我这是要为座中的贵宾而唱。五十年前，他曾经来此，那时他是二十多岁的青年，跟在老师后面，而我是几岁的孩童，站在自己老师的身边。如今重逢，怎么不应该欢欣鼓舞呢？

老者说完之后，就唱了一段颂歌，然后才开始诵唱英雄史诗，持续了十六个小时还没唱完。

他们夫妇与许多蒙古朋友，昨天也来参加我在清韵艺术中心个展的开幕式了。我一直在想，几十年如一日地深研蒙古文化，海西希教授在蒙古高原上，恐怕不止一次会遇见为他的热情作见证的蒙古人吧！

父亲与海西希教授
1993 年，鲁汶大学

席慕蓉 摄

一九九二年七月十日　新疆库尔勒

在新疆，走过无垠戈壁，公路上的指标还是极为古老的地名，焉耆、鄯善……似乎历史都还聚集在此。追念全族被灭的准噶尔部，那些骁勇善战的武士们似乎也还不曾离去，准噶尔汗国，准噶尔汗国啊！还在人们的心底。

今天晚上的晚会，在台上的演出者，更令我感受到族群形成的奇妙和幽微。维吾尔、哈萨克、蒙古，种种特征都在许多人的眉梢眼角。你甚至可以说那个男孩是罗马人，另外一个女孩是白俄罗斯人，可是，他们都说自己是卫拉特蒙古人。

我喜欢这样紧密的聚合，这样自然的生命，之间没有任何戒心，没有任何芥蒂，多好！

海北与我终于见到了仰慕已久的巴岱先生，他是文学家，也是卫拉特蒙古人的精神领袖。用四种语文创作（蒙语、维吾尔语、哈萨克语、汉语），成就很高。不过，他笑着对我谦虚地说："在这块土地上生长的孩子，都是天生的翻译家。"

一九九三年九月四日　比利时

三天会议日程极为紧凑，也有许多时刻令人难忘，纪念田清波神父的会议是在鲁汶大学内举行的，也去了他的故乡Brügge。

在火车上，大家一起合唱，各国的学者其实都是旧识，只有我是爸爸的跟班。

窗外是暗黑的田野，所以车窗映照出每一个人的形象，恍如一个光明温暖的小世界，爸爸也大展歌喉，唱蒙古歌，是美好的记忆。

现在从鲁汶回波昂，坐在爸爸旁边，我还在回想 Brügge 那小小教堂里的精致和古朴，男声合唱圣歌时那种从心中涌出来的宁静，别人的文化为什么如此可亲可近？

一九九四年一月二十八日　印度 Agra

昨天我们三人分两组展开行动，谢与黄去外围拍摄，我仍然回到泰姬玛哈去守着夕阳，守着月光。

一九八一年来时，没算好日期，这次算好了月圆之夜前来，规矩却又改了。向导说，十二年前，是规定在月圆之夜园区在晚间开放九天，这五六年来不再开放，因为治安不好。

他们两人回来，说着各种途中趣事，似乎已经让我看出一点端倪，原来我们三个人的工作，其实是一个人心中想要同时达到的三种欲望。

谢的长途跋涉，我的安静等待，黄的从旁观察，都是分身。要拥有分身，我们才能极尽可能地去完成这一件任务。

而起意建造这座陵寝的萨伽汗，是蒙兀儿帝国的君王，是诗人，是艺术家，更是痴情男子，他的一生，需要多少分身才能实现并且满足那心中的欲望呢？是因此才终于被囚禁吗？

一九九五年十月十一日　波昂

下午和父亲牵手走在波昂市郊，令我想起我们曾牵手走过香港街头，爸爸只带着我一人，一起去赶一场电影，艾路扶连主演的《银城豪侠传》。那时充满新奇与畏惧，是刚到香港的童年记忆。已在今日变得自在与从容的我，为什么心中仍有暗影？

有车经过，父亲用力牵我靠向路边，一如四十多年以前，走在香港街头，父亲牵我过马路一样，那时有双红鞋在橱窗里，父亲帮我买下，因为我们三个小的要先随妈妈去台湾了，是初次离别。奇怪的是似乎只有童年和如今，只有这两段时间里有与父亲同行的记忆。是因为在这中间，我急于成长，无暇与父亲共处吗？

朋友笑说，"坐飞机去德国散步，多奢侈！"然而，也只有这段时间了，再过去，恐怕没有任何借口了。这秋天清新舒适但又令人戒慎恐惧，仿佛有什么紧追在后，蹑步而行。

一九九五年十月十七日　阿姆斯特丹

昨天下午抵达阿姆斯特丹，旅馆很可爱，离梵谷[1]美术馆可以步行而至。

梵谷的画倒不特别吸引我（年轻时多么沉迷于他啊）。一直记得前天在 Brügge 看的比利时的象征主义，那神秘的暮色、朦胧的光，再加上在波昂看见的那本阿占塔壁画的画册上，一层

[1] 大陆译为"凡·高"。

父亲八十岁
1991 年，台北

周相露 摄于其工作室

层剥落的幽微的颜色，我想已知此生追求的是什么。

Brügge 的砖，有种奇特的结实与精确。他们的高塔、修道院的巨墙、寻常人家的房舍，都是由一小块一小块砖砌起的，气势逼人而又沉着朴实，在运河上，每一个转弯都是一幅画。

看见 Brügge 用石块砌起的马路，清晨时的冷冽，让我重回当年穿过布鲁塞尔市政府前广场去上学时的感觉。

如果童年是香港，我的青春就是欧洲了吧？坐在火车上，不知道会不会遇见旧日友朋？一直记得，一九六五年夏天火车经过瑞士山区，我那天穿的是一件无袖的白色衬衫，瘦削的双肩和手臂倒映在火车车窗上，窗外是绿意丰盈的森林。

在波昂大学中亚研究所图书馆里看到的那两本书，把书号都记下了，一定要买到才行。一本是 Martha Boyer 的《蒙古珠宝》，一本是关于斯基泰的青铜器，应该是彼得大帝的收藏吧。

一九九六年六月四日　锡林郭勒盟

今天早上九点出发，车行三十分钟后就到了哈札布老人的家里，在一个小村落的西边，一所独立的小屋，屋门有锁，领我们来的朋友只好去别处寻找（后来才知道三号等了我们一天，老人生气了，今天出去串门子去了）。[1]

朋友用车接了回来，下车的却是位满面笑容的老人，很随和，只是回答过去有些经历时容易激动，听说前一阵子有轻度中风，所以我再也不敢多问了。

[1] 此行经历已写成散文《歌王哈扎布》。——作者注

　　一切都要谢谢带我来的拉苏荣先生，一路上他对我讲述哈札布的生平，真是铁铮铮的蒙古男子汉啊！然而一生坎坷，又在艺术生命最为饱满丰沛的中年（四十四岁到五十四岁），被整整囚禁了十年时光！

　　而此刻，整个居住的环境也让人郁闷。说是今年旱，草长不起来，远近都没有什么绿意。周围又是些土砌的墙，暗沉而无光。

　　哈札布其实现在是居住在幼年的故乡大地之上，可是，眼前的一切，无论如何都不像是自己梦中和记忆里的故乡了。

　　这是多少人的共同遭遇？

　　深爱的家园就在眼前和身边逐日逐夜地消逝，任谁都不能不心急如焚的啊！

　　一九九九年七月三十日　法兰克福

　　昨天去坡下买早餐的面包，进到小小超市之后，那种过去九年来，德国日常生活的熟悉氛围又回到身边，就像从前每次来看爸爸时的那种感觉，平和、愉悦、幸福。

　　赶快把泪水忍过去，才发现过去这半年多来，我好像在忍着，一直在忍着不把悲伤发泄出来。

　　今天来到法兰克福，等着两天后和姐姐与弟弟相会。强烈地想念我的不再回来的父亲。

　　爸爸总是给我一些极为美好的回忆，小时候去睡他们的大床时，爸爸会笑着把我抱回自己的小床。长大一点开始学画时，他会轻轻揉着我的手说，这可是艺术家的手啊！要好好保护！

　　而这九年以来，我和爸爸在莱茵河边散步过多少次？说过多少关于老家的话题呢？

　　不行，现在泪流满面，不能再写了。

一九九九年十一月三十日　淡水

　　在爸爸的相片前点上两根白色的蜡烛，奉上一杯威士忌，把书房里的灯都打开了。

　　现在，坐下来，开始用这个本子来写我应该写出来的一切。

　　今天是爸爸逝世一周年，用这个书写的方式来纪念爸爸，恐怕也是我现在唯一能做到的事了。

　　这一年来，心里常常会想起他，想起童年的日子。我其实对自己的家族以及蒙古高原，所知都不多。但是，对于一个离散在外的蒙古家庭如何对内调适自己的心理，对外应付有些格格不入的世界的经验却非常丰富，我的记忆在每一个细节里盘旋。

　　小时候只是一种单纯的面对，如今却是有一座整整几十年日夜所建造起来的资料柜，当时只道是寻常，如今却低回不已。

　　写下来吧，写下来吧，否则珍贵的细节或将一一消失。

二○○○年九月十三日　淡水

　　今天去信义路，参加乌尼吾尔塔叔叔的八十寿宴。中午

父亲最后的一张相片
1998 年夏，波昂

席慕蓉 摄

十二点半，卓婶婶也出现了，先互相拥抱，说着"多年不见了"。那时并没有什么事。

但是，我再过去向她敬酒时，卓婶婶竟然问我："爸爸好吗？还在德国吧？"我完全无法回答，泪水自己先流了下来，要过了好一会儿才说得出话来。

原来还是要流泪的。故人相问，纯然不知已是死生契阔，而此时就是最最不能应答之时了吧。

傍晚，在捷运站遇见吴殿英（蒙文名是图门道尔济）老先生，和他在车上说了些话，他曾经写信叫我去找诺门罕战争[1]的所在地，替他致意。

这次，他告诉我，诺门罕战争满洲军溃败时，经过他们家，他那时是十一岁，军队里也有负伤者，都是蒙古人，说有一点饭吃就好，绝不骚扰。又叫他们在门上插上风马旗，这样大家一看就知道这家是蒙古人家了，就不会去打扰。

什么时候去一趟诺门罕战场？为他，也为我。

二〇〇〇年九月十九日　海拉尔

飞机十点二十从北京起飞，开始有云雾，云雾一散，已是十一点，我惊觉窗外的大地竟铺满了沙尘。按铃问服务员我们在哪里？问过机长之后，她回来告诉我，我们正横过通辽上空，我的惊惧无以复加！

[1] 大陆称诺门罕战役，或称哈拉哈河战役，又叫诺门坎事件，是第二次世界大战初期日本及苏联在远东地区发生的一场战役。战事于 1939 年在当时的满洲与蒙古的边界诺门罕发生，以日本关东军失败告终。

大地覆满了一层又一层的沙土，如白灰色的鳞片，有厚有薄，间隙处露出聚居的村落以及划成各种大小方格子的农田，深深浅浅都被沙土覆盖着，河流还在流动，但也是土褐色的河面、沙子，沙子简直无所不在！

都说是四条腿的羊毁了草场，然而两条腿的羊更厉害啊！如今已不是族群文化的认知问题，而是对生存的挣扎了。

二〇〇〇年十月四日　额济纳

在居延海边上，等着与前车会合，那仁巴图与他母亲一直往干涸的湖心走去，脚程极快，我追赶不上，只好站在细沙铺满的湖底，往四周乱拍一些相片。

回程时又在沙丘之间迷失了方向，很绕了一些路。等到终于脱困，上到了敖包山之后，日正落，敖包在夕阳的光照中成为金黄色，其上的佛幡与哈达透明。色光似温暖的金红，空气中却是极为冰冷的感觉。

在黑色的岩石上，那些枝丫向上天祈求的姿态，仿佛已绝望到壮烈甚至悲壮的层次。大地干涸已久，触目所及，远远近近都是黑褐色的干渴的土地，而这座宝乐敖包似乎更形峥嵘，犹自伸出枝丫与招展的哈达向上天祈求。

跪下时，我不敢为自己求什么，只希望上苍保佑这块土地，以及生活于其上的所有的人，所有的生命。

不过是八年或者九年以前，敖包四周，原该有碧绿的水草，蔚蓝的居延海碧波荡漾，岸旁有丛生的芦苇，水中有鱼和蚌。

然而如今还有极细小的幼芽长在干涸的湖底，还有更形细小的小贝壳残骸，壳皮非常薄，当年是如何干渴而死去的？

二〇〇一年八月二十九日凌晨　淡水

为什么会突然间流下泪来？

今天傍晚雷雨不算大，却也让久旱的淡水乡间有了湿润的感觉。

想睡了，从书桌前起身去刷牙。一面洗脸一面惦念着明天早上会开的那一朵重瓣白荷，从浴室出来后又开了前门出去看一看。已经过了午夜，海北在楼上早已入睡，社区里的邻居们也都睡了吧，外面好安静。我们的老黄狗被我惊醒，在窝里睁大眼睛看着我，也不挪动。

院墙内的四缸荷花，今年叶子都长得又高又大又密，我要用双手费点力气拨开，才能看见那一朵荷，还要再将粗壮的花梗微微弯低向我，才能仔细端详。由于是重瓣，花苞极为饱满，顶端已经出现了一丝细微的空隙，是在准备迎接几个钟头之后的黎明吗？

下午的雷雨已经过去很久了，但是花苞上部的背面还缀满了雨珠，小小的水珠在路灯的光照下晶莹润洁，就是在这安安静静并无悲伤的一刻，我的泪水也安安静静地流了下来。

在清凉无声的夏夜，站在自己小小的园中，一手执着长长的花梗上端，花梗微弯，白荷饱满的花苞就在眼前，我就那样微带诧异地伫立着，泪流不止……

需要找出理由来吗？需要给自己一个说得过去的解释吗？

这半年多以来，在整个生病开刀和化疗的过程里不曾为自己落下过一滴眼泪的我，为什么在一切都已顺利结束之后的隔天，在此刻，午夜过后，会突然对着一朵洁净美丽还缀着雨珠的即将要绽放的花苞泪流不止？

流下的泪水里没有委屈，不含悲伤，甚至也不觉激动，那么，会不会只是因为生命本身这单纯的美？

仿佛只是因为它的饱满，它的安静，它的不受干扰，以及，它的如约绽放？

恐怕我只能想到这么多了，恐怕也就只是这样了，一朵荷花的蓓蕾在向我展现真相，并且以此真相静静地安慰了我。

我想，我喜欢这个解释："一朵白荷在中夜现身向我说法，让我不得不为此而潸然泪下……"

二〇〇二年六月十二日　鄂温克自治旗

今天晚上七点三十分，在鄂温克卓达宾馆会议室举行欢迎仪式，慎重地颁发《鄂温克荣誉公民证书》给我，使我受宠若惊。

还赠送我一套鄂温克服装，从帽到衣到靴，华丽但不炫目，好看极了。

完全没想到，只是为了"鄂温克之夏"的文学活动而来，却给了我这么大的荣誉！

这就是我一直在追寻的梦土吗？

二〇〇二年六月十六日　鄂温克自治旗

和黎明还有乔部长一行人，中午在伊敏河头道桥的河滩地上野餐，遇见一群马大概有十几匹，就在我们不远的前方停下来准备过河。

有匹小马紧贴着母亲站着，好像很害怕的样子，母马回头注视仿佛在叫它宽心。它倒真放松了，一转身又钻到母马身子底下去吃奶了。我早已抓着相机拼命按快门，一面还轻声欢呼。乔部长说，这小马是在春天出生，应该不过两个月大小吧，或许是第一次过河哩。

他告诉我，在他少年时，每年七、八月雨季中，在上游伐木的人就将伐得的巨木（未锯短）放入河中，顺水漂流，大概有两百公里的河道，流到红花尔基，流到巴彦托海如今的民族中学附近，弯入小河道，再搜集起来成为木材运出去。乔部长小时候常在这里玩水，他记得，即使不是汛期，河水也比现在要又深又宽，马过河是需要游泳过去的。可是今天我们所见的马渡河，水只到脚踝之上而已。

二〇〇二年六月二十四日　赤峰

在克什克腾旗的那达慕开幕仪式上，让我想到仪式真的要完全遵循传统才会有力量，甚至要被他人视为疯狂与顽固地执着于传统，那仪式才会发热发光。有了真正的仪式，并且亲身参与之后，一个人才能拥有足够的信心出入于自己的族群与他人的文化之间而不会感觉到失落。

每次（可以短到每季，也可以长到相隔五年或者十年才举行一次），一个人在经历过完整而又严肃（这严肃是指细节的慎重而不一定指情绪）的仪式之后，就像灵魂经过一次透彻的清洗一样，从此一切宛如新生！

富育光先生书中所述的满族萨满的祭星仪式，令我神往。

二〇〇二年九月十五日　淡水

长途电话里，人在沈阳的鲍尔吉·原野对我说：

"你的父亲其实是和蒙古的历史站在一起，与成吉思可汗、忽必烈可汗站在一起。对你而言，他们是一个整体，是你的昨天。而在你的昨天里面，是没有所谓'历史上的距离'的。"

但是，此刻的我要如何组织我的文字？如何去回溯这个"昨天"？如何让这个昨天成为一组真实的、不亢不卑的重现？

恐怕首先就是要找到一个全新的可以自由书写的位置才行吧。

随时有想法就把它们记下来，不一定非要是干净的本子，不一定非要是一段安静的时间；把自己放在起伏的草原中间，放在奔驰的马群中间，放在流动的云层中间，放在父母的童年中间，甚至，把自己放在祖父母和外祖父母那个动乱的年代中间……有几颗珠子就来串连几颗珠子，有几块光影就来拼凑几块光影，那就是我唯一可以使用的方法了。

二〇〇三年九月十八日　内蒙古

此刻是在从赤峰开往海拉尔的草原列车之中，难忘更难以形容在牛河梁那天晚上来回两公里的月光。

"两公里的月光"，可以是一首诗的标题吗？然而，用什么样的词句可以完整地显示出那样清朗澄澈的月色以及那铺了一地的清清楚楚的树影呢？还有，还有那安静地伴随着我们的五千五百年的时光。

人说时光如逝水，可是，我却说一切都没有消逝，在月光下行走的我们，对松林间的光影并不陌生。

我问朱达先生，土地是不是真有灵气？他说"有的"。沉默寡言的考古学者，心中应该是另有一种丰美的境界吧？

在行走途中，我心里一直有个画面，到现在我也还在想，月光下进行的队伍，曾经穿着过什么样的服装？佩戴过什么样的饰物？吹奏过什么样的乐器？唱诵过什么样的诗歌？

这两公里的月光，是一场从五千五百年前延续到今日的盛宴，我已满怀感恩地领受到了，此刻心中无限平安。

在母亲的土地上，我是备受宠爱的女儿，给了我教诲，也给了我难以描摹的美。

二〇〇三年九月二十一日　呼伦贝尔

终于来到诺门罕战场了，在小小陈列馆的展示柜中，看到

日军阵亡将士后代折的纸鹤
2003 年，诺门罕战争纪念馆

席慕蓉 摄

日军遗留下来的钢笔和铅笔，一共六支，是谁使用过的？

写过呈文，还是写过家书？在各种武器残骸展示的陈列之间，这是使我动心的一角。

二○○三年十月十二日　吉隆坡

今晚钟金钧开车送我从王开治家回旅馆。一算竟有四十二年不见了！记得大一的时候，他是四年级吗？还和许延义一起，带我们去写生。当时一切都很愉快，毕业后却再无交集。

生命可以隔离如此长久，再见面时却又一无隔阂。

这次是为了搜集资料去写马白水老师的传记而来。同学们因为老师又再相聚，而奇怪的是，老师好像也并没有离开，不单在银幕上播放的录影带里侃侃而谈，甚至好像也在一旁笑看我们的讨论。

年轻的时候，同学间免不了互相挑剔彼此的个性，却在四十年之后，明白了一个人能够认真度过一生的不易。

二○○四年七月十七日　巴彦托海

白天又去了诺门罕，路程倒顺利，只可惜去年想要访问的那位老人家，还是不在，这次据说是住进疗养院里去了。[1]

几句话就挡住了我。我当然明白朋友说这些话时背后的难处，也就没多要求。

[1] 两年间两次访问已写成散文《诺门罕战争》《疼痛的灵魂》两篇。——作者注

除了自己的族人以外，恐怕不容易让别人相信我的单纯与我的痴狂了吧。

二〇〇四年七月三十一日　北京

昨天清晨三点三十分就抵达这座圣山了。朋友帮我们找了休息的处所。在八点三十分抵达我们寻找的寺庙，在四进神殿中均合十俯首默念爷爷和奶奶两位老人家的名字，祈求神佛保佑老人家平安。

在藏经殿上叩首时流泪。

寺西与寺后以及顶上之后三处墓地都走过了，不见爷爷奶奶的骨灰塔和碑文，而那是父亲一再对我描述，并且让我仔仔细细写在笔记本中的许多清晰的细节啊！

领路人最后对我们说，恐怕是后来的人毁弃了前人的碑塔吧。

我与凯儿只能跪下叩首，在空空的谷地上，然后学着别人，也把带来的四条哈达系在一棵松树的树干之上，然后返回。

爷爷奶奶在今天的标准来说不算高寿。父亲说，奶奶（讳　呼和琪琪格）在一九二七年过世，享年五十九岁。爷爷（讳　依达木阿布拉克齐）在一九三六年过世，享年六十七岁。

奶奶的骨灰，是三伯父亲自背到山上去埋葬的，爷爷是在山上拜佛修晚年的时日里去世的。

爸爸在那些年里，一定常常上山去探望或者祭拜吧，所以在向我叙述时，才会把骨灰塔的方位、形状、颜色等等细节说得那么清楚。

在莱茵河边的公寓里，父亲要我把这些记下来的时候并没有催促之意，不过我明白他是希望我可以去探看一下。

而我直到今年才来，离父亲过世都快有六年了，心里不免有些愧疚。可是，此刻在灯下转念一想，若是我早早就来了，相信也是像今天这样满山乱转，上上下下遍寻不获，那么，该要怎样去向他回报呢？

还是宁愿相信那位颇有慧根的领路人吧，在与我们道别之前，他说：

"其实，老人家在你们今天一上山的时候，就看见你们啦。"

这句话可当作是宽慰，也可以在信仰里解释为事实。

二〇〇五年三月十六日　淡水

前天晚上，在"国家"音乐厅，钱南章教授的作品发表会是以我的诗为名《一棵开花的树》。整场音乐会是以我的诗入歌，女高音徐以琳教授独唱，王美龄教授钢琴伴奏。

但是，我第一次聆听，是在二月二十八日那天。与其楣在雨中驱车前往艺大，钱老师约好在音乐系前碰面，他已撑着伞在路旁等我们了，今天是第一次唱给我听，说是前六首已练妥，但是后面有些曲子还不满意。

徐以琳开始的第一首歌就让我怔住了，《出岫的忧愁》一直被认为是一首柔弱的诗，为什么此刻听来，却有种骄傲的感觉？我一面听一面问自己，怎么会是这样？而这个问句真正的意思

凯儿与外祖父
1990 年，莱茵河畔

席慕蓉 摄

是：原来竟是这样！

原来，多年以来在诗中隐藏着的质素，此刻在歌中却昭然若揭。

徐以琳的声音浑厚清澈，又极为饱满，把一个女子的了悟以及自信完完整整地传达出来了。但是，最该感谢的人，应该是那位作曲者才对吧？他是如何发现这诗中隐藏着的真义呢？何等奥妙的转折。

而在三月十四日当天，在音乐会的现场，是不是因为分心？第一次听到时的惊喜却又不见了。一直到了下半场，才觉得自己进入状态。尤其是《在黑暗的河流上》这首歌真可说是回肠荡气。凯儿坐在我旁边一直屏息静听，一直跟着乐曲走下去，一曲结束之后，忍不住侧过来对我轻声说："这首歌真美。"

他也指着诗中引用的那首《越人歌》的句子："山有木兮木有枝，心悦君兮君不知。"我的孩子对我说：

"妈妈，怎么会有这么美的诗！"

在黑暗的台下，我心中忽然觉得非常温暖。此刻，我在与我的已经长大了的孩子一起分享《越人歌》这首古诗的绝美，所以，时光尽管流动，但如果诗在，美也恒在……

当最后四首关于蒙古高原的歌出现的时候，我心中想到的是，往日我一个人在灯下一个字一个字写出来的对原乡的思慕与忧伤，竟然，会在十几年甚至二十几年之后，在光耀的舞台上以极为浑厚、清澈、饱满的歌声唱出来。这是当年的我怎么也料想不到的宠遇。

所谓的"执着"，所谓的"时光的累积"，至此才终于显示出它们的意义了吗？

齐老师也去听了，昨天她在电话里对我说了下面这段话：

"慕蓉啊！人的一生其实不是很长，在一生里能有这样的时刻是非常难得的，你要好好珍惜。"

前天晚上，音乐会终了，歌者与伴奏谢幕之后，向台下示意，邀请作曲家和写诗的人上台。我和钱南章老师一前一后走上舞台，徐以琳对我微笑，我忍不住就拥抱了她，也向王美龄道贺与道谢，最后，我站在他们三位旁边，一起向观众深深一鞠躬，听到满场的掌声久久不歇，我知道，这是给钱老师的，也是给我们全体的，是给我们四个人加起来的时光的总和，是给那所有慢慢累积起来的时光的喝彩。

二○○五年六月十四日　淡水

答应了去呼和浩特演讲之后，原先构想的题目仍是与台北的相同，《游牧文化的审美观》。可是这几天开始紧张起来，每天早上早早就醒了，一脑子闪着光的短讯，却都没头没尾的，有够杂乱！

心慌得很。这时才发现问题症结所在，必须换个角度出发，因为"对象"不一样。

我这次的听众，不是蒙古高原之外的人，相反，他们就是世居在蒙古高原之上的我的同胞，不必我再来介绍蒙古的文化以及蒙古的种种，他们要听的，是我的心声。

今天，面对着稿纸，一切似乎迎刃而解，把讲题换成《我心深处》之后，终于可以开始写下去了，是的，我绝非学者，也非观光客，更不是讲解员……

去呼和浩特演讲的我，只是要向我的族人解释，长年以来，我如何寻找另外一个我，那个长住在我心中，我心深处的那一个我。

不过，表面的我也不能说只是表面，因为身体发肤等等的感觉器官，总是不断地在接收讯息，所以香港能成为我童年的乡愁，就是因为她已深植入我的记忆，这座城市的街巷，一种亲切、熟悉以及心安的氛围，是只有童年记忆才能供给的感觉，没有任何事物可以替代。

然而，还有一个我，不是也对眼前这座岛屿，这几十年来在台湾生活着的氛围，这无日不牵连着我的一切与种种，也同时有着乡愁与渴慕吗？

庆幸的是，我已经养成了书写的好习惯，所有的疑惑、焦虑都可以在提起笔的时候去慢慢地寻找解答，面对空白的纸页，好像就是在面对着自己，每一次的抒发也都是一次出发，每一次的努力都是一次累积。

向我的族人说出"我心深处"，再也没有比这次更好的时机了。

二○○五年六月二十八日　伊金霍洛

今天早上九点十分左右在成陵拜祭圣祖，向圣祖叩头。

因为陵园在修建的关系，所有的宫帐都放在外面（按照老规矩，其实也应该是置放在露天之处）。我先要走过许多围墙围

达尔扈特与溜圆白骏
2016 年 4 月，成陵

席慕蓉 摄

绕着的地方，然后就来到供奉圣祖灵柩的鄂尔多之前，在宫帐前磕了头上了香之后，再被达尔扈特邀请进入宫帐，一位达尔扈特（原来就是一九九〇年第一次前来拜谒时那位为我们赞唱的达尔扈特的儿子，世袭的继承人）举起圣灯为我向圣祖唱颂词，他要我也举起右手托着圣灯底座来聆听。我知道他是在唱名替我向圣祖致敬并请求保佑，那古老又美好的音韵使我的眼泪不自觉地流了下来，然后再叩首敬拜：心中无一丝杂念……

拜祭结束之后，接着达尔扈特要求我到宫帐一侧，桌面上铺着一块黄缎子让我写几句话。不敢拒绝，也不敢迟疑，蘸着墨汁，我用毛笔写满全幅：

圣祖灵前：
请佑高原
请佑子民
请让每一个
孩子都能
自立自信
自强

蒙古子孙
慕蓉敬书
二〇〇五年六月二十八日

字写得当然不好，但是心中也无所惧怕，可是情绪是激动的。护和在我身后，他说看见我的衣服都在微微颤抖，更别说那拿笔的手了。

今天晚上，在写着日记的同时，回想一九九〇年第一次来到伊金霍洛，听着前一位达尔扈特为我们这些同行的朋友一起唱颂词之时，我当时也是泪流满面而心中无一丝杂念的。

我知道，我们已经早就得到圣祖的庇佑了。其实，昨天一进到伊金霍洛的大范围之内，心里就觉得极为平安欢欣，无所惧怕，同时又热泪盈眶；我想，这应该就是迷路的孩子终于找到自己家园时的美好感觉了吧。

二〇〇五年七月七日　新疆和硕县

很奇怪，迢迢几千里路来到新疆，却发现没有会议了，一切突然取消。我在七月二日从北京打电话给巴岱主席之时，他一句也没说。七月三日下午接机时也没说，到旅馆坐定之后才郑重宣告，会议不能举行了。

听说我是唯一没有被告知的远方来客，而卡尔梅克人以及额济纳旗的人虽然已经知道了，却仍然坚持要来向巴岱主席贺寿。

因此，还是可以相聚，不过规模与人数就少多了。这于我无差别，我也只是想来与巴岱先生聚一聚而已，从一九九二年夏天那一次之后，就再没来过新疆了。而更吸引我的还有一件事，就是可以去新疆北部的博尔塔拉蒙古自治州，去探望被满清政府强迁去当地戍边的察哈尔部蒙古人。

巴岱主席笑嘻嘻地对我说："博州的人知道你来了，都说：'好啊！我们的姑娘回来了。'"

当时我的心里觉得非常非常温暖。

二〇〇五年八月六日（补记七月十七日） 淡水

人与人之间的亲近，"对于故土的归属与认同"，应该是最大的原因吧。这应该是可以写出一篇又一篇论文的题目了。

新疆真大！上次（一九九二年），巴岱主席说我只给他七天时间，根本不够，什么地方也去不了。他说，下次来，无论如何，至少要有三个七天，他才勉强可以带我走走看看。

这次（二〇〇五年），我真的准备了二十一天的时间，结果还是走不了几个地方。巴岱主席笑着说：

"哎呀！时间还是不够啊！"

时间不够，是因为空间太辽阔，想去的地方太多。最后就只能昼行夜宿，白天在山峦峡谷与沙漠公路上拼足了马力开车赶路，晚上到了宿营地（很好的旅馆，很大的房间，桌上已备好丰美的一碟又一碟的水果）只有躺下去睡觉的力气了。

有几次，察哈尔同乡们就在黑暗的公路旁边等了我们好久，车到之时，依然要照迎宾的礼节规矩一一进行。

因为没有路灯，四周一片漆黑，他们就用两三辆车的车头大灯作为光源，照着我们这几个来客与主人，然后开始行礼。献哈达、献酒，说祝词，旁边还有人轻声唱着蒙文的歌谣，温柔或者轻快的旋律是那样熟悉亲切，让我的心也变得极为柔软。周围的乡亲们在光亮的圆圈之外，面目都看不清楚，可是，我知道，他们今晚是诚心来欢迎我的，欢迎这个"从远方回来的

准噶尔汗国城垣
2005 年，新疆

席慕蓉 摄

我们家的姑娘"。

也有一次，是在高速公路旁的休息站上，老老少少、大大小小的几十位乡亲，也是等了很久，就为的是看看这个"我们家的姑娘"，大家聚在一起拍几张相片而已……

但是现在我忽然明白了，因为，"他们"，其实就是"我"，是我千里迢迢来探看的那个"我"。

所以，新疆此行本来一直觉得在温泉县应该去看的石人和岩画都没有看到，是一种损失（或错失），现在，却觉得未必是这样。也许急急奔去看石人可能是表面的"得"，其实是本质的"失"。因为我就会真正错过了在温泉县与乡亲们欢聚一次的大好时光那真正的"得"了。

二〇〇五年七月十七日在温泉县的晚宴，是我一生中难得的一次"尽欢而散"啊！

温泉县的县长名叫刚布，年轻又有能力，在时间的控制方面隐而不露，却把握得恰到好处。

晚会的气氛是渐进的，他先宣布今天是温泉县的节日，然后再是献哈达、敬酒，等到歌者都到齐了，献唱之时又重新敬酒。然后送我一件蒙古袍子，穿起来，是最合身的一件。（刚布县长也很得意，并且历数前面我所去之处，察哈尔同乡们送我的三件袍子的一些小缺点，好像他亲眼所见似的。）

晚会到高潮之时是乐手进来弹起电子琴，大家开始跳舞。（奇怪，平日最讨厌电子琴的声音在此时却因为强烈节奏的鼓动而觉得跃跃欲试了。）

有人帮我穿上蒙古袍子（浅蓝底色缀有隐约的碎金花纹），

我也开始跳舞了。只要有人面对我，我就可以学他的姿势和他对舞，节奏感一丝不差，完全合拍，心中很是愉悦。原来蒙古舞蹈是身体最自然的舞动，一点也没有勉强啊！

我从来也没有过那样尽欢地舞动，那节奏仿佛是从生命深处奔涌而来……

可是，几天之后，回到乌鲁木齐，当朵日娜把她在温泉县晚会的录影放给巴岱主席观看的时候，我却对自己的"失态"说了一句："真不像话啊！"

巴岱主席转过头来对我说：

"这是我们民间的舞蹈。任何人，任何年纪都可以跳。"

言下之意是说，"会跳舞"并不是一件坏事，为什么我要为此觉得不安？并且还要道歉似的说自己"不像话"呢？

是在那一刻，我才明白自己已经自我封闭得有多深了。

身体里面其实有爱跳舞的细胞，可是却从来不敢让自己把它们释放出来，因为，这样就必然是"失态"了。

所以，要千里迢迢去到新疆，与三百多年前就已离开故土的察哈尔同乡晤面，才能明白，这个"我们家的姑娘"原来是会跳舞、可以跳舞，和，爱跳舞的生命。

这样的释放，是多大多深的"获得"啊！

二〇〇五年九月二十日　阿里河

陪叶嘉莹老师去嘎仙洞，接近下午四点，果然阳光极美极强，斜斜射入洞内，我说这不是米文平先生的阳光吗？大家都会心而笑。

真的，靠了一线斜斜射入的阳光解了千古之谜，真是可以将此时此刻的光照命名为"米文平的阳光"了。

鄂伦春的阿里河，上次是一九九四年来的，如今已是二〇〇五年了。嘎仙洞前的树木都长高了不少，当年认识的阿芳，还有博物馆的田刚馆长都已有十一年不见了，然而他们好像都没有什么改变，并且一样亲切。

嘎仙洞内也有维护，一如旧观。我请电视台记者不要拍摄之后，才恭恭敬敬上前跪下叩首，心中觉得庆幸，也觉得平安。

陪叶老师回到蒙古高原故土，是多么特别的任务，老师心情好，精神更好，这是极为幸福的时刻。也要感谢好友松林与茉莉伉俪的安排。

可是，在阿里河镇上，在鄂伦春自治旗广大的山林之间，鄂伦春人已濒临失语和失忆的绝境。几十万汉人包围着不足两千人的族群，而且是在与族群悠久的历史相较，不过是短短的三四十年之间的变化而已，是多么粗暴和粗糙的相逼啊！

嘎仙洞口的斜阳让草木在逆光处变成闪闪发亮的金黄。可是，这斜阳，对于静静伫立的阿芳来说，对于每一个鄂伦春人来说，又是多么明澈，多么静默，多么令人悲伤的斜阳……

二〇〇五年十一月十六日　淡水

为了在洪建全基金会"敏隆讲堂"的六场演讲，我几乎把大部分的幻灯片都翻了出来，再加上新的数位光碟[1]，真不知

[1] 即数码光盘。

慈儿与外祖父
1989 年，波昂家中

席慕蓉 摄

道要怎么整理出一个头绪来。

慈儿今天晚上却给了我很大的鼓励，她说她不知道我原来搜集了这么多资料，她更说这些资料别说分成六个题目，就算要分成五十二个题目都绰绰有余。

她叫我不要着急，一定要好好地整理。讲演的时候也别着急，要慢慢地仔细地讲，因为这些都是真实的材料和心得，是我自己一点一滴找到的。

女儿的鼓励真是贴心啊！

原来，这十几年在蒙古高原上的行走并非全然的无秩序，虽然当初也没有作任何计划，而如今整理出来，才知道我原来走过一个又一个的都城，最后竟然可以在历史上衔接起来了，再加上这些与其他文化之间或同或异的种种领会，应该可以做好这六场演讲的功课了吧？

可是，我还是有点害怕，讲历史，我读的书太少太少，讲错了的话，怎么办？怎么办？

二〇〇六年十二月一日　淡水

想念父亲。

如今回想，父亲从来没有厉声责骂过我一次，母亲也没有。

仅有的一次挨打，是我自找的。

那是在香港，还在读小学的时候，客厅里，父亲正在和一位朋友谈话，两个人对坐在沙发椅上，时间有点长了。

一旁觉得无聊的我，到后面的厨房转了一圈，忽然看见立在墙边的扫把，就拿到客厅，在客人的面前扫起地来。

父亲当时就呵斥了我，但是，我并不明白，只觉得扫地是一件值得大人赞许的好事，就再继续扫过去，一直扫到客人的脚前，并且扫把还不小心碰到了他的鞋面。

父亲登时就跳了起来，一面嚷着"这个孩子是怎么回事？"一面狠狠给了我一巴掌。

我觉得委屈极了，扫地不是美德吗？我如此认真，要在客人之前好好表现，为什么反而会挨打呢？

当时倒没有去算计这是不是我从来没有受过的惩罚，只是打击来得太突然和强烈，我唯一的反应就是呆立在原地同时号啕大哭了。

那哭声之大，足以证明我的冤屈有多深。到今天，我还记得那位客人伯伯如何手忙脚乱地劝阻我的父亲，一面又想要安慰我，话却是向着父亲说的：

"孩子不懂事，没关系，没关系。是孩子不懂事，别打，别打。"

后来是如何结束的，我已经记不得了。但是，我一直记得这几句话，以及他脸上有些尴尬的表情。

当然，父亲在事情过去了之后，曾经向我解释，在客人面前扫地，是含有逐客的暗示，以后绝不能做。

到我再大了一些，约莫是过了两三年吧，在父母的谈话之中，听到那位客人伯伯的名字，才知道那时他一人流落在香港，极为落魄，找了父亲好几趟，才渡过难关。

原来如此，怪不得父亲下手那么重。我那天突如其来的扫地表演，实在有很强烈的"逐客"之意，而且很可能是父母教唆的，所以，父亲如果不狠狠地打我一巴掌，恐怕还无法洗清他自己的冤屈呢。

童年的香港，是乱世中一处温暖驿站，毫无戒心地接纳了我们一家，也在同时，接纳了许许多多从战乱之中奔逃到此一无所有的流浪者。

家中偶尔会有些突来的访客，当然，都是父亲请回家来的。有时即使不是在应该吃饭的时间里，小外婆也会到厨房去炒上一大盘鸡蛋炒饭来待客，我问在旁边的外婆，为什么不先问客人饿不饿？

我一直记得外婆的回答，用很轻的声音说：

"好强的人，就是饿极了也不会承认的。"

真的，明明嘴里说着不饿的客人，却总是会把一大碟的鸡蛋炒饭吃得干干净净。我把空盘子拿回厨房的时候，两位外婆都会对我微笑，那意思已经再明白也没有了：

"看吧！他应该是饿了吧。"

小外婆的笑容里更有些许得意。因为她的厨艺高妙，大概没有客人能够抗拒那一盘香喷喷又金黄耀眼的鸡蛋炒饭的。

有一次，一位客人有点奇怪，带着许多条像海滩浴巾一样的大毛巾来到我们家，整整齐齐地摊挂在椅子的靠背上，然后坐在沙发上和父亲长谈起来，我觉得父亲态度的激动好像比那位客人还要强烈似的。

那位客人伯伯只出现过一次。

是在多年之后，我才从旁听父母的谈话里，知道了一些些的来龙去脉。

我的小外婆乐李秀贞女士，原属满族，
1974 年逝于台湾，享年七十。

原来，他是父亲最早任职的机关里的长官，原来是要从香港转去台湾，家人还都暂时留在大陆，等待他安顿好了之后，再想办法接出来。

然而，这位做惯了长官的人，却不知宵小的可怕，就在抵达香港的那一刻，被扒手扒去了所有的盘缠。孤身在异地，他努力想要脱困，就去批发商那里取到了那些大毛巾，在中环的市街一角开始兜售起来，已经做了一段时间了，那天，却在皇后大道中的人行道上，与父亲碰个正着。

后来，应该是父亲帮他买了船票，到了台湾的。

等我们也在几年后来到台湾的时候，这位客人伯伯已经是一位重要的政界人士了。跟着父母，我好像去过一两次他的家中，那种温暖的气氛，至今还不能忘记。

外婆常说，我们这些小孩应该知足了，在乱世里，平安就是最大的福气。

但是，平安有时候不是自己跑来的，必须有足够的智慧作明确的抉择。我可以说我有位乐观又热情的父亲，可是在我们幼小的时候，真正护持着这个家庭，在风雨飘摇的海面上决定方向的人，是我的母亲。沉着而又有远见的女子，才是我们这个家庭真正的支柱，是赐我一生幸福的贵人。

二〇〇七年五月八日　大兴安岭北麓

昨天一早，八点三十分出发往根河去，兆鸿是第一次来，也是第一次听到瑞霞说的关于使鹿鄂温克人在这几十年间的遭遇，以及其中有些人面对这种困境所采取的自绝方式。

兆鸿是第一次聆听，却与我的反应截然不同。

我初听那时，是觉得惊讶、愤怒再继之以悲伤，多年来都觉得不能用这些真实人生作为我发表的题材，仿佛是在利用他人的痛苦来写作。

可是，兆鸿的看法和我完全不同。她无限钦佩，觉得这是一种极端壮烈、刚烈的表现。认为这是一种令人赞佩的心志，在不伤害任何他者的情形之下，在现代文明与传统文化冲击之中，一个人所能采取的最激烈的行动。

我不知道我们两人之中，谁比较更有同情心，以及谁比较更了解、更投入？但是，他山之石，可以攻错，果然有理。

我想，如果跳出一种如我这般自身悲情的狭小范围，以人类学或者社会学的观点来看，这种决绝的态度，反而是有脉络可循的。

自信心是必须具有的，悠久的民族自信塑造出自身存在的尊严，一旦尊严丧失，自信心就会驱使人往决绝的途径走去。

在旁人看来或许是多么不值得的一生，然后，对他自己来说，这恐怕是唯一的保有尊严的途径了。

如今每个人都可以说"文革"是十年浩劫，可是，发生在使鹿鄂温克人身上的苦难，岂止十年而已？

昨天刚到满归，就说不在旅馆住下了，要先去敖鲁古雅，因为只有十七公里的距离。不过，我自己有些误会，以为是去从前山中的猎民点，想不到去的是旧日的市镇。

一整座空无一人的"敖鲁古雅"山中小镇。

荒谬的是，将不足为害（其实是与森林共生）的鄂温克人搬迁出去，引来的却是加拿大华人投资的狩猎场。把从前的房子都用木片包装起来，像是山中猎户的小木屋，实际上里层还是原来的砖房，是美化吗？外围还挖个"护城河"，做了个吊桥式的大门来控制通路，再在入口处盖了个中式的大门楼，不知所云的混杂。

是为招徕观光客的投资。

可是，不是原意是要封山育林，为了不损毁大自然的高贵目标才把猎民迁移下山的吗？现在这种开发为旅游区的目标，又算是什么"封山"、什么"育林"？

远处有一栋小小的砖房还没被"包装"起来，也曾经是一处温暖甜美的家园吧？此刻窗户玻璃已经全部破碎了，空空的粉蓝色木头窗框与枯黄的野草相对，有一种荒凉诡异的感觉，我往前用不同的角度拍了好几张相片。

好像是很好的题材，可是，转念一想，如果发表出来，不也同样是在利用他人的痛苦？

但是，再转念一想，使鹿鄂温克人对我来说，绝不是"他人"，而是阿尔泰语系里同源流同命运的自家人啊！

二〇〇七年五月二十三日　于乌鲁木齐飞往库车的飞机上

"时而明明，忽然暗暗"。这是巴岱先生所写的《滔滔大江向东流去》文中的一句。

很庆幸这次又有机会与巴岱先生见面。我们去了南疆，一

与巴岱主席在交河故城
2007 年，新疆

兆鸿 摄

起走过交河故城与高昌古城，是我梦寐以求的机缘。奇怪的是在千年的废墟之间缓缓漫步，两人却都不怎么往深里去交谈，只是好像过平常日子一样说些生活里的琐事。为什么会这样？当时倒没有去想，只是觉得这样就很好了。

此刻，在飞机上，已经是和兆鸿做伴，开始另一段旅程了，才细细回想，或许，在超过千年的废墟场景之前，任何的话语都会显得虚弱无力了吧？这世间的一切，真的就是时而明明，忽然暗暗了。

身体的反应与精神的反应同在同行，一点也假不了。想到头几天刚到乌鲁木齐，住在塔里木饭店，下来晚餐，听到石油公司的一位先生坐在对面，兴高采烈地说到"西气东输"的大业。四千公里（或更长）的粗管子将塔里木油田的天然气直接输送到长江三角洲，包括华北与华东地区的八十多座大、中型城市，他说："这是千家万户都爱用的最清洁的能源！"

面对他的兴高采烈，红光满面，我的身体不自禁地打了一个寒战，太明显的动作，被他注意到了，问我是怎么回事？

我现在已经忘了当时是怎么搪塞过去的，可是心中确实在瞬间感受到了那一种大自然被掠夺的恐怖和哀伤。

在时而暗暗的此刻，我们的大自然还有可能再期待"明明"吗？

附注：

"如果以每户每天消耗一立方米天然气计算，塔里木油田每年生产的天然气，将可满足三五〇〇万户家庭，一亿多人的生活需要"。中国石油塔里木油田公司总经理孙龙德说。（新华社

二〇〇六年十二月五日）

二〇〇七年八月十五日　乌审旗第二届察罕苏力德文化节

今天不是真的祭典，只是配合观光旅游的"文化节庆"。所以护送察罕苏力德（白纛）的马队进场之时，旁边的随行人员不断用麦克风向我们这些围观的群众解说：

"这是样品！不是真的！"

他不断解释，真正的祭祀时间不是今天，只是给大家作个示范的表演而已，不是真的。一路上，他都在强调只是个样品！样品！

的确，事关重大，不可不说明。

"苏力德"虽是旗帜，但是在蒙古文化与信仰里却有多重意义，代表的可以是国族的象征、领袖的威仪、英雄的魂魄、将军的战力，以及个人的中心思想和对生命的态度。所以，苏力德是无比神圣，是有生命有灵魂的。不仅仅是外在可见的旗帜，也是我们每个蒙古人内在的精神力量。

察罕苏力德，汉译即白色的苏力德，代表神圣的国族、永世的和谐、无比的丰饶、永久的绵延，因而也是"孟克苏力德"。"孟克"意指"永恒"。

祭祀苏力德有严格的规定，是文化与信仰里的大典。如今想以这"文化节庆"来带动地方上的旅游活动，虽然可以赞同，但是却不能有对真正祭典的无礼行为，不可有丝毫差错，更不能以假乱真，因而，参与这次活动的队伍必须负责说明。

这世界正在慢慢改变，在所谓"经济挂帅"的此刻，还有不少人想要努力维护这古老信仰的纯净本质，这是敬，也是畏，更是珍惜与不舍……

整整一天，我都穿着传统衣装，是前年去新疆的时候，和布克赛尔温泉县的察哈尔蒙古乡亲送给我的蒙古袍子，灰蓝色有金丝暗花，配着金边腰带，我自己觉得很好看、很愉悦、很体面。

下午四点，在同一处广场举行诗歌朗诵和演唱会，许多诗人与歌者、乐团一一上场，台上台下有一种越来越温暖的融合。

天色近暮之时，腾格尔最后一个出场。这时牧民已在舞台后方远处聚集，坐成了一个大圆圈，我的身旁身后也都是安静等待着的人群，落日在我的左前方不断变化着色彩，整个天空的背景是一种温暖的灰紫微微透着橘红。

腾格尔唱了三首，第一首是我的《父亲的草原母亲的河》，最后一首是《察罕苏力德》。这是一首调子沉缓的赞歌，不断反复诵唱的旋律在旷野间的人群里回荡。这时我真的觉得好像整座穹苍也低低地俯下身来聆听。如果用他的眼光往下俯视，旷野间的我们是一个小小的谦卑的圆圈，此时在圆圈的中心有人向上苍发声，不断地唱诵着"察罕苏力德，孟克苏力德……"

天、地、人在这一瞬间彼此交会相融，夕阳的辉光是如炉火般沉沉的金红。

散会之后在旅馆电梯前遇见腾格尔，我向他打招呼，称赞他的演出。他反而有点不高兴，说整场演出时间拖得太长，人累了，天色也都晚了。

察罕苏力德于大蒙古国 800 年庆典会场
2006 年 7 月，乌兰巴托

席慕蓉 摄

　　我却说，这样的天色要去哪里求？在他演唱的那一刻，我觉得连苍天也都在侧耳细听啊！

　　然后他就匆匆进了电梯，等到吃晚饭的时候，他出现了，跑来坐在我的旁边，高高兴兴地对我说，他在电梯里想了一想，整个人的情绪都全部转过来了，是啊！好像是这么一回事。就转头跟他的助理说：

　　"你知道吗？刚才，连苍天也在听呢。"

　　二〇〇七年八月二十四日　克什克腾旗热水塘

　　（此刻我真的是回到姥姥家写日记了。在热水的交通饭店套房里记写昨天。）

　　昨天，八月二十三日，重回希喇木伦河源，是满满的一天。同行的除了朵日娜以外，还有白音巴特尔、王立山、李景章和康少泽四位先生。

　　二〇〇〇年春天，白音巴特尔引用我在散文《松漠之国》里的一句话："为什么一棵树都不肯留下来给我？"开始在克什克腾旗希喇木伦河源附近展开固沙的工作，第二年开始植树、退耕。如今六七年下来，地表植被恢复得还算可以。沿途，他们指着小得可怜的幼苗说："这是山杏，已成活。"

　　每株幼苗本身带着一个小保特瓶[1]栽入沙中，瓶中之水可供养它一年还有余，幼苗因此而度过最困难的时期而终于得以存活。

————————
[1] 即塑料瓶。

另外还植入黄柳。白音巴特尔说，活了的话就抽芽生长，活不了的也可成为拦沙的护栏，阻止沙子流动。有了效果之后，沙子本身就逐渐成为薄薄的固定的一层，如果没有人为的践踏或破坏，再加上逐年累积的落叶（或尘土？）等等的腐殖层，就有望可以往固定的土层发展，但是中间到底需要多少时间，就无人能够精确回答。（三百年还是一千年？）

不过，努力还是值得的。虽说如今河源的治沙还在初步的阶段，一切还很脆弱，但毕竟大家已经开始警觉了。

开始往河源下去的时候，右边有位在当地工作的护林人员袁双平先生过来，伸手与我右手相握，支撑着我往下走去。他的身体很魁伟，在我右边，使我能非常安心地往下迈步，坡路很陡，底下又都是沙，如果没有他的左手支撑，我根本是寸步难行。

但是，十八年以前（一九八九年）的我，好像是一个人走下去的。除了不时要停下，把鞋后跟进来的沙子清一清之外，并不需要任何人的帮助。而且记忆之中，身旁还有树林，我和尼玛大哥、沙格德尔，王行恭，还有带路的朋友是从略微阴暗的树林子里走下去的。难道那些林子是在一九八九到一九九九十年之间消失的吗？

原本以为是走了另外一条路。可是，当斜坡走完来到源头处之时，一看到那弯弯的在我们右前方深陷下去的沙谷，真是无比亲切与熟悉，如遇故人。是的，就是这里！就在这里！十八年前的一个秋日午后，九月六日，我初见河源，曾经赤足踏入源头不远处刚刚汇成一条浅溪的水流之中，溪水冰寒，而我心炽热。

我心炽热，只因终于找寻到自己的归属。"我终于在母亲的土地上寻回了一个完整的自己。"这是在回到台湾之后写下来的那句话。

此番重来，心中只有一个念头：感谢上苍的厚赐。这十几年来，持续在原乡行走，常常在克什克腾境内与浩荡奔流的希喇木伦河相见，却没料想到，还有机缘再与河源相会。

隔了十多年的时光，山河依旧，有些景象丝毫没有变动，有些就似乎与记忆稍稍错位了。不过，季节里的颜色因为阳光的照耀，好像更加饱满，更加明亮。

河源旁的峡谷上方有树林，绿荫下有山菊，丛生的柔细枝子上，开着许多朵白色的细瘦花朵，在风中轻轻摇动。还有花瓣粉红的是山竹。在靠近我们的山壁上也散开着粉紫色的小野花，斜坡上的草色青青，仿佛就是蒙古长调里歌颂的草原的本色……

我静静环视眼前这山谷间的每一寸土地，心里想着就算是再有一个十八年，即使可以重临，恐怕也不容易再走下来了吧。

白音巴特尔真是深知我心的好朋友，他在河源的沙地上拣了一块松木的树干残片给我，造型很美，够厚够苍老够斑驳。他说应该不会是辽代的千里松漠留下来的，那么就一定是我母亲念念不忘的那三百里松林的了。

被岁月刷洗得近乎灰白的木头，横面还能见到那最后的十几年的年轮，体积不算大，又非常非常轻，我向他道谢，说没有什么比这再好的礼物了，我一定会把它带回台湾。（也果真如此，此刻它还在我书房，二〇一七年四月补记。）

我们在河源停留了很久，当大家再一起往回程走上去的时候，我并没有频频回顾，或许是因为在沙坡上攀爬的艰难，或者是因为心中的平和与知足，我只停了一次，一次而已。这一次，河源已在稍远的下方，再转个弯或许就看不见了。我身处在另一片林子里，林荫间的绿，是嫩绿夹杂着青绿，这里好像仍是夏日，虽然已近尾声，而秋光还没有进入。

我向刚才的一切说"再见"。可是我知道这不是道别，因为从这里流出的河水，会不断地与我在母亲的土地上重新相见，河面上每一道细碎的波光，应该都是从这里出发再沿路由层层水流托带给我的祝福吧……

二〇〇七年十月十四日　淡水

应该是二〇〇二年的夏天吧？在从克什克腾开往呼和浩特的火车上，有位乘客在与我擦身而过时，忽然回过头来指着我说：

"啊！你是，你就是那个'父亲的草原母亲的河'。"

是位白发的长者，穿着城市里的衣衫，却带着草原上的质朴风范。他的目光慈和，他的笑容亲切，让我觉得非常温暖。于是一边笑着点头，一边自然然地回答他说：

"是啊！我就是她。"

我喜欢这样的定位。是的，我就是她。那个在心里藏着一首歌最后终于回到父母故乡的人。

我就是那个人，那个悲喜交集却又理直气壮的"高原的孩子"。

是的，我喜欢这样的定位，更喜欢这样的存在，并且为此而深深感激。

今天晚上，忽然想到，除了我的文字以外，这一首歌，也是让族人接纳了我的主要原因吧，何等温暖的接纳啊！

二〇一〇年三月十九日　淡水

昨天，三月十八日傍晚，素英帮我，在前院种下一棵流苏。

小得不能再小的一棵树苗，还是旧日相识的老园丁送我的。

他的土地上种了许多棵吉野樱和红山茶，还有柚子树正在开花，满园流动的郁香，春天真好。

昨夜梦见海北，牵我手去巡视后面房间阳台上的工程，一路很仔细地看过去。我在梦中知道他已去世，所以特意感觉一下他的手的握力，很紧很稳，和从前一样，只是手指甲有点稍长，心里还在盘算，现在要怎么剪呢？然后才突然想到，不是都已成灰？

然后，就醒了。

前一日也梦见了他，好像是在帮我去计划什么事，很认真地在思索……

有他从前的老学生打电话来，许多年不见，突然被告知老师竟然不在了，几十岁的大男人就在电话那端大哭不止，我没法安慰他。

我心疼痛，不可能去安慰他。

海北与我在家中后院
2002 年，淡水

李惠玲 摄

二〇一〇年十一月二十一日　从花莲回台北的火车上

"我听见你的声音了，勇敢地写下去吧。"在即将冰封的天山北麓，有人曾经对我这样说过。

"我听见你的声音了，真诚地写下去吧。"在海岛东岸，在太平洋的风里，有人刚刚对我这样说了。

我是勇敢的吗？不，绝对不是。

我是真诚的吗？是的，尤其是在诗里。

可是，让我这样不断地写下去的理由，那真正的理由只有一个：

我背负着无数的疑问却找不到解答。

是真的无人看见这明摆着的伤害？

无人预见那大地必将反扑？

无人想及这是我们祖先生活过而子孙也希望能够生活下去的土地、河流、山脉、湖泊、森林、草原、湿地、沙漠以及戈壁？

怎么无一人前来制止这所有的不公不义？

在荒谬的禁令之前，在暗黑的绝路之前，有多少年轻的牧民要在假装喝醉了之后，才敢向着天空大声哭喊："我实在想不明白啊！我实在想不明白……"

二〇一二年五月五日　台北—北京飞航途中

蒙古长调之所以被举世所推崇，不单是在于它的美丽和它的艰难，而是在于它能把歌者与听众都提升到一个美好的高度。

这高度是在一般生活里从没能达到的高度，但又是从远古以来，每一个人的生命深处所渴望能企及的高度。如字面所言，这高度似乎是一种空间距离，其实，它也是一种质素，一种精神品质上的距离。

是的，无论在表象上多么平凡卑微的生命，上苍其实都赋予了这个生命一种本质上的高贵和尊严。

而在哈札布的歌声里，我们这种平日无法企及难以触碰的本质就会突然被唤醒。

在他的歌声里，有些什么突然浮现出来，告诉我们，我们不是只为这表象的一切而活着的，我们还有一种更高更远更为神圣的核心可以去向往，可以去追求。仿佛是腾格里神赋予人类深心的一种神性，可感受可引领可安慰却又难以言说的那种力量和信心。

用句最简单的话语就可以将我上面这段解释说得非常清楚：

"哈札布的歌声将我们唤醒，让我们把自己完完整整地融入到大自然的最深处。"

是的，人类逐渐忘了自己原是属于这美好的大自然，与所有的生灵原是美美与共的。

人类的原乡本来不就是那和谐共生的大自然吗？

记得是尼玛大哥说的一段话：

"长调是从草原里长出来的。从前的草原多好，哈札布的长调唱得多好。现在，有些都不成样子了……"

所以，可以这样解释吗？这样定论：

"游牧文明的美好时空成就了蒙古长调，蒙古长调成就了歌王哈札布。"

陈黎明和白龙摄制了哈札布的传记，电影《天之恩赐》马上要在北京首演。我希望能以上面这段的想法在明天纪念他。

我还记得一九九六年的夏天他对我说的那句话："面对死亡，我并不惧怕。此刻，我的心情，就像那佩戴着银鞍子的骏马，又像那心里有着秘密恋人的喇嘛一样，兴高采烈地往前走着哪！"

二〇一三年七月二十一日　香港

今天早上在旅馆柜台拿到地图，方知我身在何方。

看到修顿球场的标示，甚至在最边缘看到秀华坊的地名，才知这个旅馆可能是盖在从前的东方戏院一带吧。而从我住的第二十七层楼的房间窗户望出去，猜测我小时候爬过的山坡，二马路、三马路的山道，应该就在这些大楼之后不远的山上。

后悔没带相机！

昨天下午从机场乘车一路前来，岛上高楼如秀气的积木，细细致致地堆叠而起。

我一路追想，往前回溯到父母带着一家老小初初上岸的那一刻，他们所面临的巨大转变，那个年月，那个慌乱的时代。然后再想到此刻我所见的一切，在几十年之后，又会是什么模样？譬如我的子女那时再到香港，会想到他们母亲在此度过的童年，以及今日的受邀演讲吗？

歌王哈札布（1922—2005）
1996 年，锡林郭勒盟

席慕蓉 摄

今天是个生命里要好好记住的时刻，就像六十年前（还是五十九年？）离开香港的前日，我一人走过修顿球场，自己对自己说：

"要记住啊！要记住啊！你的生活要有所转变了。"

人的个性里原来真有个不变的本质。此刻的我，和年少时的那个我并没有多少差别，还是自己生命里的"旁观者"，一路切切叮咛，要记住，要记住……

今天下午有朗诵，晚上有我的专题演讲，是二○一三年香港书展的活动之一。我给的讲题是"原乡与我的创作"。但是，我很想找机会向在场的听众说出我小学三年级的导师黎丽生先生在前几天的长途电话里说的话。

我是何等幸运，能够在电话上与八十多岁现在住在加拿大的黎先生互话家常，并且听见她用愉悦的声音唤我（是无比亲切的广东话）：

"乖女啊！乖女……"

人生如何能有这样的宠遇！走过修顿球场，阳光和煦一如昨日，球场里少年喧闹嬉笑一如昨日，仿佛有明眸皓齿青春正盛的黎丽生老师穿着夏季的白色无袖旗袍迎面走来，笑着唤住我，一如昨日。

二○一三年十二月十日　淡水

今晚才有空坐下来写几个字。前两天，十二月七日和八日陪乌云毕力格、承志、宋瞳三位学者游台北，我做地陪。

为了不让他们发现我的不良于行（乌云毕力格是多早就认得的朋友了，我非常想陪他和他的朋友在台北走走），我把拐杖放在车后的行李厢中备用。需要走稍长的路程的地方，我都避过，非要去看不可的场地，我就说："我在门口等你们，你们慢慢去逛。"如此这般，也让我足足混了两天没被他们发现。

最需要记下的是第二天（八日）的下午。午前去南港"中研院"接上他们三位，午餐后，我把车停在师大附中旁的停车场，坐计程车先去中正纪念堂。我坐在大门左方的墙边，让他们三人进去，听说他们在里面还看见卫兵换岗了。

然后，慢慢走到仁爱路与中山南路的圆环边上，我要他们三个人往更前方走去看一看，我一个人又坐在路边等。不过，承志教授说他已经来过台湾很多次就不去了，可以陪我一起等。

两个人站在圆环边上，背后是中正纪念堂的围墙，每次绿灯一亮，摩托车和汽车一起发动，那声音与气味都是强大的阵仗，根本不可能谈话。我就建议过马路到对面，起码那里还有树荫和石质的长凳（还是水泥做的？），并且离圆环稍远一些些，感觉不那么嘈杂。

两个人走过去了，也坐下来了，后方是许多机构修建的大楼，前面是车水马龙的大圆环，住在台湾几十年了，我第一次在这样嘈杂的地方坐定。

没想到，在这样奇异的环境里，我们谈话的题目也极为奇异，至少对我来说是闻所未闻。

承志教授在日本的大学里教书。他是新疆的锡伯族人。

他说，锡伯族的原居地在蒙古高原，是东部科尔沁蒙古的一支。在两百多年前，被清廷抽调到新疆。

那是一七六四年，四千多人被迫离开原生故乡，从沈阳（盛京）出发往新疆的伊犁，全程走了一年四个月。中途还向喀尔喀蒙古（今蒙古国）借马。

在这段长久的行程中，人数不断增加。一是由于不舍亲人，就有整个家族从后追随而来。另外是中途有两百多个婴儿出生。（有的父母本来出发前就已是配偶，但也有在路途上成为新婚夫妻的。）

在逐日远离故土的悲伤里，有一句温柔的话语在流传："说好只去六十年，六十年后就可以回家。"好像如此一说，故乡就不再是遥不可及的土地了。

承志教授说，在朝廷官员与皇帝往来的奏折中从来没有这句话，应该是民间的传言。锡伯人有可能是以一个甲子一轮回的想法来安慰自己吧。

在新疆锡伯族人中最初传说是骨灰要装在陶制的坛中，将来可以携回故土。（后来的传说则是埋葬时头要向东北。）

在我们两个人谈话的中间，圆环的红绿灯依然在按时变换，摩托车和汽车依然在不停地发动，噪音和废气并没稍稍消减；但是，奇怪的是，不只是我完全投入在锡伯族人的悲伤里，把一切干扰都排除在外。就是坐在我旁边的这位讲述者承志教授也是心无二用，非常安静沉着地向我细细道来……

我不禁想念起新疆的察哈尔族人了，他们的先祖被迫远离故土之时，应该也是一样沉痛的悲伤啊！

我忍不住问了承志教授一个问题：

"一个民族的记忆要如何传递下去？"他的回答极美，他说：

"所有的歌谣里都有记忆。"

承志教授还要我去找作家张承志的一本书，书中写道作家去了新疆，在一个偶然的机会里听到一位老妇人在独自吟唱一首古老的歌，歌词是思念英雄阿睦尔塞纳，作家思之不禁悚然。已经过去了这么多年了，对英雄的记忆仍在歌中，仍在心底。

我们两人的谈话在此打住，因为乌云毕力格和宋瞳两位先生走回来找我们了。可是，接下来的时间里我一面开车做他们的地陪，一面却在心里不断告诉自己，要把今天所听到的都记起来，绝对不可忘记。

在台北嘈杂混乱的中心区，有两个第一次见面的游牧民族的子孙，在流动的车阵之旁，静静传述和接受了历史记忆，并且交换了关于记忆的不可磨灭与不可摧毁的信念，还有，还有关于英雄思念在歌谣中的必将辗转流传。

二〇一四年一月一日　淡水

昨天找遍了书房内外所有的书架，找不到鲍尔吉·原野写给我的两幅字。

今天早上，忽然想到莫不是放在二〇一二年台东画展时用来放素描的那个木制画夹里了？于是走到三楼，小心地把画夹平放，打开，那两张写满了毛笔字的棉纸就在我的眼前。

为什么烦扰了我半年（或者至少三个月）的寻找，却始终不肯打开这个画夹？是因为太自信了吗？

如今记忆会错置，也会消失。所以，一本笔记簿，比从前还更重要。不过，无论如何，在新年第一天，"找到了！"总是一个好的预兆。

希望在二〇一四年，我也能找到曾经遍寻不获的"什么"。

是的，我一直有种想往更深处去唤醒什么的努力。总觉得，我之为我，好像还有一些无法确认又难以填补的空缺和空白。

是的，在这二十多年来，或者更早，甚至可说是历经大半生的寻找里，我其实隐隐知道自己在寻找，可是又不知道那在什么地方深藏着、沉睡着、等待着我的"宝物"究竟是什么？

会这样吗？有这种事吗？

一个人大半生的等待与寻找，在寻找的途中还"无以名之"的那个宝物，或者"难以说明"的那种内心的渴求，是非要等到找到了的那一刻才能明白才能知道"这就是答案"吗？

　　……

　　他的人民长生不老，
　　永葆二十五岁的青春。
　　他的国家四季常青，
　　到处洋溢着欢声笑语。
　　他的家园没有冬天，
　　始终散发着春天的气息。
　　他的家园没有夏天，
　　始终散发着秋天的气息。

> 他的家园没有严寒，
> 他的家园没有酷热，
> 微风习习地吹拂，
> 细雨绵绵地降落，
> 圣主江格尔汗的家园，
> 犹如仙境一般。
> ……

　　手抄英雄史诗《江格尔》序诗中的一段来贺新年。从前读过简译本，如今一套六本汉文全译本放在眼前，真是快乐！（出版的时间从一九九三到二〇〇四，超过十年，是个大工程。但每一版的印刷量太少，第一、二册还有一千五百本，后来的四册竟然每版只印一千本，为什么？）

　　长长的序诗中，我抄下来的这一段是常常被人引用的，这几乎就是游牧民族心中的理想国了吧。我已经会用蒙古话读那最好听的两句诗了：

　　微风习习地吹拂，细雨绵绵地降落。

　　午后向贺希格陶克陶老师电话拜年，他一人在家，因为夫人德力格尔琪琪格去美国看女儿去了，要三月才回来。老师说他一个人在家做功课，很安静。

　　我问他，为什么在《江格尔》的序诗会提到"佛宝"？史诗的年代不是应该比较早吗？老师说，每个朝代的朗诵者（江格尔齐）都会随时代的潮流而加添新词，但是，英雄史诗生成的年代的确是应该早于这些的。

他说：在远古之时，初民不知如何安顿自己，因此崇拜的神祇是比较有寄托性的虚拟对象，或者是如石头、树木等就在眼前的实际对象（赋予它们可依求的神性）。

但是后来在部落混战之时，需要一个雄霸一方的有气魄有声威的人物来做主，人民生活才能安定富足，所以英雄崇拜才由此产生，由此开始。

史前的歌谣存留在游牧族群的集体记忆之中，而在巴岱先生为《江格尔》汉文全译本所作的序言最后有一段文字是这样说的：

> 同时，我们所说的产生时间主要是指每一篇章的主题思想而言。《江格尔》作为多篇章数十万诗行的史诗，保留远古时期的一系列痕迹是毫无疑问的。事实说明，史诗不仅在原始社会末期奴隶社会初期英雄时代可以产生，而且在封建割据时期也可以产生。同时必须指出，江格尔及其英雄们不是某一个人的历史形象，而是几代部落代表人物的历史形象。可是江格尔的敌对方面往往指的是历史上的某一个人。因此，只要根据历史事实把这个人的历史形象搞清楚了，有关篇章产生的时间、地域也不难搞清楚。……

是布·孟克教授特意从乌鲁木齐给我寄来这套全译本的，多么贵重的馈赠。

二〇一四年八月二十四日　淡水

今天晚上和齐老师通了电话，从八点一刻说到九点半，才互道晚安。

她说，我这些年在蒙古高原行走，不要人云亦云地说成是"田野调查"。

因为，这就是我们自己实实在在的人生，不必依附于任何名词之下。

她说我应该把这么多年的行走经历与心得浓缩于一本书之中写出。就譬如我刚才向她描述我去了新疆的赛里木湖，而那里就是成吉思可汗西征的出发之地。他的儿子率领工兵先搭桥，那可是几十座跨越高山深谷的大桥啊！

她说我应该把眼见的、听说的，和书本上的资料一起，再加上自己的想法，写出来，写成一本书。这就是"做了"和"没有做"的分别。

二〇一五年十二月十七日　淡水

今天下午，王行恭在电话里说：

"把能捡到的每颗珠子都捡起来吧，才可能再串连成一串，不一定可以恢复原貌，到底是有了连接……"

在我们的上一代几乎相同的境遇中，父母都有许多不想重提的矛盾与伤痛，而我们年轻时也从不觉得有去认真追问的必要。如今只剩下片段的线索，像断裂了的珠链，我问他，这些零乱的记忆还能用吗？

上面就是他的回答，是两个天涯游子的无奈的努力。

我一直记得他告诉我的"回家的梦"，那梦中的景象从他幼年到青少年到去留学，在南欧，在北美，都会不时地在他梦中出现，他曾经这样形容：

"宽阔的草原上一直伫立着的石屋子，一再重复地出现在梦境里，不变的场景，不变的时空；唯一改变的是做梦的床……"

"那片安详寂静的草原上，无人无兽、无风、无息，像极了一张褪色的画片，却又那么实实在在的存在在那里，好一阵子一直是我解不开的谜。"

神奇的是他竟然在哥伦比亚大学东亚图书馆的书库里，在日本去东蒙调查的尘封已久的资料图片里，看到类似自己多年在梦中见到的场景，使他心悸、手抖，久久不敢相信这个事实。更神奇的是，一九八九年八月底，他偶然知道了我的返乡计划，就提议与我同行，并且毫不在意只是单单返回我父亲与母亲的家乡。

然后，就在我们刚刚抵达我父亲的草原边缘，朋友带我们往第一家约好要款待我们这一行四人的蒙古牧民家庭居住地前行之时，车子在广阔的大草原上缓缓行驶，忽然：

"远处的小丘间远远的看见一栋小土房子，小小的一丁点儿，在小丘的凹处，正好一朵云影遮着：'我的天！！'已经不记得当时叫喊出什么，只记得胸口很紧，眼睛一直瞪着目标，怕它是幻影，是海市蜃楼，一失神就从视线溜走了。是我的梦境——

好端端的伫立在二千码以外，也许好几百年前就在那里吧！简直令人不敢相信。在那家做客时，脑子还是一片空白，坐立难安，照片也没能好好地拍。人的一生，又是什么样的机缘，竟然站在自己的梦境里？"[1]

是的，这是怎么也难以解释的遭逢。

王行恭的老家现在是在内蒙古兴安盟科尔沁右旗，从我父亲的草原再往东走，翻过宽阔的大小兴安岭，再往前继续走过去，应该就是他所说的那一片满、汉、蒙三族共生的大平原了吧？

如果没有那连年的动乱，我们或许根本不会相遇相识。是上一代人的离乡背井，才让我们这一代的人在台湾带着破碎的线索，相约着一起回乡，一起去探索或许有可能呈现的真相。

而真相会如实显现吗？那些丢失了的，不知道隐藏在什么黑暗角落里的珠子，会有被我们重新找出来的一天吗？

二〇一六年一月一日　淡水

新年第一天，向齐老师拜年，我们谈得很高兴。并且，她说这么多年，她注意到我是一直走在一条寻找的道路上，不知道自己要找的究竟是什么？只是知道一定要往前去找，是"心"在驱动着我。

我怎么这么幸运。这么多年来，在电话里听着齐老师的文

[1] 王行恭这篇文章篇名是《后记——回家真好》，原载于我一九九〇年七月出版的《我的家在高原上》（圆神）。——作者注

学课程，是一对一的单独授课啊！多么奢侈的福分！

和齐老师的第一次相遇，应该是在一九八七年的夏秋之间吧。她来参观我在阳明山上的小画室，是晓风陪她来的。我们在士林的福乐门口相会。

她后来对我说，因为我那天穿了一条花布的大圆裙，虽是花布，但颜色素淡，她很喜欢，或许还有一点点的羡慕。因为，她自己从年轻的时候就开始教书，当时总是穿着严谨，从来也不可能有这么一条大花布裙子。我的自由自在让她觉得应该支持这种选择，或许，从那一刻开始，她也就接受了我。

那年我四十多岁，还没开始发胖。上身一件无袖T恤，下身一件大圆裙，可以在草地上随意坐卧，可以在海边岩礁间任意穿行，从来不知道什么叫做"膝关节"，真是无忧无虑啊！

所以，两年之后的夏天，可以去蒙古了，也是毫无挂虑地在北京火车站的人群里冲锋陷阵，抢登那好像永远也挤不上去的车门。到了张北，又一连几个钟头在狭窄的吉普车中左右摇晃，上下跳动（真的，是跳得老高的那种颠簸！），再去沙坡上爬上爬下地寻找河源，一切的跋涉好像都不怎么困难，都能做到，一心一意就是要往前走去。

是"心"在驱动，不过，也要这个身体可以配合才行。这是实实在在的人生，走了十几二十年下来，终于把"膝关节"给得罪了。

二〇一四年初，换了一个人工关节之后，晓风安慰我，她说："不错！换一块新的马蹄铁，又可以在草原上多跑几年吧。"

二〇一六年五月三日 淡水

晚上接近十点半钟的时候，李景章先生来电话，他说马群晚上看不见，也找不到。好像它们爱往沙地上去，必须由青格勒先骑着摩托车去找，找到了再回来叫他，可是，等他们两个人到了，马群早已经又跑开了。

李景章说，黑夜里距离太远，也拍不到。

原本已经有四五匹骒马[1]要生了，但是总摸不清它们跑到什么地方去了。总是，而且一定是到了清晨才会看见一匹骒马带着小马驹慢慢地从远处走过来……

我说，这样也好，就坦白承认自己拍不到的"辛苦"，不是更有意思？

李景章在电话那端也笑了起来。

我说，千万不要为了一张相片，伤了或惊了母马，从此不喂奶，那可糟了！

我是看过在大兴安岭上的一只小驯鹿，就是因为从英国来的记者太靠近，想要拍小鹿羔的镜头，结果母驯鹿从此拒绝喂养它，因为它身上沾染了人类的气味。可怜的小鹿羔从此成了没有母亲疼爱的孤儿，只能跟在主人女猎人玛利亚·索的身后蹑步而行，畏畏缩缩的，不知道以后的日子要怎么过。（当然，有好主人细心照顾，或许可以平安长大。可是，一个生命自出生之日起就没有母亲的疼爱，那伤害会有多大多深呢？）

我对李景章说，这应该绝非我们想要出书的本意，对不对？

[1] 骒马，即母马。

而且晚上在草原上骑车，对人也有危险，千万别再这样做了！请赶快转告青格勒，我要向他道歉，我太无知了，真对不起！

李景章说，没正式拍摄之前，他也和我想的一样，以为不会太困难，没想到有这么多问题。

所以，虽然早在二〇一四年的秋天就有的构想和约定（不巧二〇一五年春天李景章工作太忙，把骒马生产的时期错过了），可是真正实行起来，才发现并不容易。

所以，今天晚上，隔着几千里的距离，我们两个人在互相询问，要怎么办？

我的意见是千万别勉强，一定不能贪心。就等黎明之后才去拍吧，就从小马驹降生之后拍起，有什么不可以呢？

中文真有意思，我对李景章说，所谓"顺其自然"这四个字，还真有道理呢！

李景章也同意了。他说，给他两年时间，找到或者选出两个家庭，每个月去拍一次（每次有两三天），应该可以拍出成绩来。

我觉得他已经从其中发现这个工作的不同往常了，多好！多有意思！

注：这天过后，我与好几位内蒙古的朋友通过电话，他们都说，骒马生产的时刻一般都在黎明之前，远离外界，甚至远离自己这一家的族群。这是天意，要骒马自动隐藏起来的安全措施吧？

我们必须顺从天意，千万千万不能去惊扰它们。

二〇一六年五月二十五日　淡水

昨天晚上李景章七点多打来电话，因为我才刚到家门，所以我说稍待片刻，我再打回去，原来是他的工作分享。

他说，他已拍到五匹骒马生了小马之后的情景，有匹小马驹坐在刚下了一层薄雪的雪地上，黑色的骒马站在它身旁，一边等待，一边找些草吃。母子两个毛色都深，在雪地上像是拍黑白相片一样。

他说，这匹骒马是在等小马驹站起来。

小马驹第一次站起来的动作真是可爱极了。他说，因为小马驹的四条腿又瘦又长又细！和小小身体比起来简直不成比例，东倒西歪地很费了一番工夫，而他都拍到了。

这匹小马驹的父亲是匹黑马。青格勒破例给它取了一个与毛色无关的名字，叫它"三万马"。三岁的时候从有名的巴音希勒马场买来的，价钱比三万元还要多很多。但是，大家好像叫它三万叫得顺口了，也就这么一直叫下来了。它有接近三十匹的骒马，组成一个大家庭。

李景章今天拍到的这匹小马驹的母亲是匹黑骒马，很温柔，很有耐心。

李景章又说，另外有匹儿马[1]也是黑马，它就理所当然用了"黑骏马"这个传统又正式的名字，它所拥有的十几匹骒马中，被李景章追踪拍到并且入选的也不少。其中最有特色的是一匹被青格勒取名叫"白鼻子红马"的骒马，还有另外一匹叫做"银

[1] 儿马，与骒马相对的公马。

鬃子"，他说银鬃子的马鬃特别漂亮。

白鼻子红马产下小马驹之后，李景章说他还拍到儿马回来，将它们母子俩带回马群去的几张连续画面。他说拍完母子俩之后，本来相机已经收起来了，听到青格勒在旁边小声向他提醒："快！快！儿马来了，儿马来接它们了！"

李景章才赶快又把相机取出来，才拍到儿马从山坡上奔下来的这难得一遇的镜头。原来骒马生产之时是退下来，不随族群前进的。在那个时候，儿马一定留意到了，所以等到一定的时间过去之后，就转回来寻找，把它们接回家族之中……

李景章也是此生第一次见到吧。所以在对我重述时的语气里，仍然有着隐隐的兴奋和得意。我想，他必须和我分享这种工作上的成就感，这是创作过程的必须。要诉说，要有人倾听，而且这个人还必须是团队中知情的人才行，要明白一切的前因后果，知道这样的收获有多难得。这样的诉说和倾听才算是真正的分享，才有效用。

而我这个倾听者还真的好像比他还兴奋，好像有些画面也已经在想象中若隐若现了。这应该是生命里难得的美好时刻吧。

尤其对李景章来说，我想，他已经进入状态，知道自己正在做一件有意义的事，而且是真正把握住了每一刻，没有错失。多好啊！

二〇一七年十月十九日　淡水

早上收拾书桌桌面，想来誊抄儿首诗，准备下个星期去演讲时备用。

翻开书桌左边已堆叠得太乱的纸张，却发现一张印着马蒂斯的剪纸裸女的明信片，一翻开，竟是喻丽清在二〇〇四年二月十四日写给我的一页短信，字迹纤细圆润，是如梦一般的人生相逢啊……

仔细想想，每次与她见面，时间都不长。但是由于读过她的散文，读过她的诗，好像每次都是难得的欢聚。这一生，我们之间其实没有说过几句话，信件写的也不多，但是却真的如她此封短信中所说的是"soul mate"。（可译作"灵魂的伴侣"吗？）

而如今死生契阔……

书房窗外是细雨中的杂树林，早上八点二十二分，灰绿色的晨光。我怎么也想不起来为什么会把这封短信放在这里？

喻丽清过世的消息是隐地在电话中告诉我的，并不突然，因为已听说她的近况。但我竟然是直到此刻见到她的字迹才流泪吗？

十三年之前说的话，写的字，十三年之后才来痛击我的深心，灵魂，灵魂竟是以这种薄情的方式来收纳友谊的吗？

还是说，只有等到隔着生死的距离之后，我们才会发现，原来他们曾经给过我们的那些爱意和恩慈，其实是世间罕有，是无可取代的珍宝……

朋友如此，亲人又何尝不是如此？

妈妈离世，今年是三十年。爸爸明年将是二十年。如今方知自己的人格塑造过程几乎都来自双亲。在远离故土的南方成长，如果不是长辈的身教和言教，甚至是有形和无形的暗示，我如何能长成今天的我？父母和外婆给我的，不正是人类学者纳日碧力戈教授在书中所言的"亲族感"吗？我即使有了先天的认知能力，但是如果没有在成长过程中他们所赐给我的强烈的家族感受，一切必然会有所欠缺。

而我说过一句感谢的话吗？在他们生前，我有过任何表示吗？甚至在他们给我机会的时候，我也不知道应该要说了……

记得那是《我的家在高原上》那本书出版以前吧，我的还乡文字已陆续在《中国时报·人间副刊》发表了，我把剪报寄给在德国的父亲。后来，隔年夏天去波昂探看他，有天父亲忽然提起了《风里的哈达》这一篇。

我记得，那是在晚饭后，父女俩在莱茵河边慢慢散步，欧洲的夏天天黑得特别晚，黄金般的暮色特别好看，父亲忽然侧过身来对我说：

"你那篇《风里的哈达》怎么写得那么好啊！"

父亲是第一次称赞我写的散文。回到蒙古高原之后，这是我发表的第四篇文字，前面那几篇他都没说任何评语。想必是在这篇里面有些什么触动了他，让他发现原来他有个孩子从少小的时候心中就有故乡。童年时从家中生活的细节得到滋养，逐年逐月地累积，其实都在围绕着那座远方的高原。而在香港那几年的生活，不也是父亲难忘的岁月吗？

我想，那天父亲或许是等了很久要对我说这句话吧，或许他觉得我应该接着和他讨论一下我自己对这篇文字的想法等等，可是，当时的我却害羞起来，只把自己的欢喜藏在心底，不肯好好地回答他。

在黄金般的暮色里，我只用"是吗"这两个字就把这个机会错过了。当然，我是给了他以甜蜜的笑容，却丝毫没有想到这应该是向父亲郑重致谢的最好时刻。

是要等到又过了好几年之后，发现常常有出版社要出那种一位作者只能选一两篇作品的散文合集之时，他们总是会选《风里的哈达》。这时候，我真的很想和父亲讨论了：他觉得特别好的地方是哪一段呢？为什么？

可是，一切已不可再得。

今天一天也有许多杂事，就忙忙乱乱地过了。晚上把日记本拿出来时，忽然又先跑去书架旁，把《我的家在高原上》最早的圆神版本找出来（从封面到内页都是王行恭设计的），翻到《风里的哈达》这篇，坐在灯下，开始试着以父亲的角度和眼光（正确的说法其实应该是我自己以想念着父亲以及这篇文字是被父亲夸奖过的那种心情）来仔细重读一次，热泪于是逐渐逐渐地盈眶……

然后才猛省，这样的日子，这样的一天，这样的心情，就是所谓的"余生"了吗？

二〇一八年十二月十九日晨　淡水

编辑希望我再摘取几篇近两年的日记，好让人民文学出版社的这本新版更为完整。我找到三篇，并且已经放在这个章节的最后了。

在把整本初校稿寄回去之前，今天我还想写一件事。不能说是日记，只能算是一篇"认错"的告白吧。

是关于我最近完成的第四首叙事诗《英雄博尔术》。

诗集初版时，圆神出版社的版本即使已经写到超过了一千行，却还是处处都有所欠缺，让原本曾经鼓励我去尝试的齐邦媛老师失望了。她直言责问我为什么完全忽略了对空间的描述？还有战争的场面也零零散散，根本铺陈不出英雄之所以能成为英雄的那种大气势等等等等。

她的看法完全正确，她的苦心我也能完全了解并且感激。

如果事情到此为止也就罢了。好好听齐老师的话，多去读读书，慢慢地去经营长诗的气势和格局，或许就不会出错。

偏偏自己性急，想到关于空间的描述其实可以补救。这二十多年来在高原上行走的亲身体验，无论是一日的晨昏光景，还是一季的自然变化，我都有现成的资料啊。至于战争，那些血肉模糊的细节我还是不想写。或许，我可以把战争的规模或者战况的经过写得更为完整一些？于是，踌躇了一段时间之后，我又开始提笔上阵了。

用了几个月的时间，修修补补了一番的《英雄博尔术》连注释在内共有一千五百行。自己以为或许会比原先的内容充实了一些吧，没想到错误就在此时铸成，而且还不能怪任何人！

是的，在这条回家的长路上，所有那些曾经被我反复细读或只是匆匆翻阅的书本里都不见的这四个字，这么多年间我认识的许多位领路人也从来没说过的这四个字，是我独家的发明。

在叙述拖雷皇子进攻你沙不儿城一役所用的攻城辎重是如

何在出发前"一一分解后，仔细包装，以牦牛和骆驼载运，与炮兵同行"，在这句之后，不知道为什么，我自作主张地加进了四个字：

"步兵随后。"

是的，就是这四个字，如此自然，如此顺理成章地被我放进了可汗的西征花剌子模大军之中，并且之后经过了无数次的反复阅读，经过了至少有四次的仔细校对，都没发现这其中的荒谬，仿佛是被催眠一样的状态。

是荒谬啊！甚至到了今年的九月八日，去内蒙古大学演讲，还以《我如何写英雄叙事诗》为题，讲得兴高采烈。

是要到隔了一天之后，早上醒来，在呼和浩特市区一间旅馆的舒适的眠床上，那四个字突然浮现，就在瞬间我也省察到这是极为可笑的错误，我怎么会一直没发现呢？

这天是九月十日，朋友约好了带我去拜见一位我仰慕已久的学者，我们一起吃中饭。在席间，抱着或许还有万一的微弱希望，我问出了这个问题：

"请问，当年人军西征时有没有步兵？"

从面对着我的学者眼中显露出的讶异眼神，还有旁边朋友忍不住的笑声，我就知道没希望了，只有低头承认自己的匮乏吧。

不过，还有一件事比较麻烦，就在这几天之前，诗集的简体字版本刚刚在北京印制完成，作家出版社已经开始发行了，我要怎么样去向每一位读者认错呢？

我沮丧极了。

原来，光是有热情有渴望也不足以成事，基础如此薄弱的我，还能妄求些什么？

接下来的那几天，在呼和浩特，也有不少朋友安慰我，他们说：

"也难免，你从小是在汉文化的教育体系里长大，恐怕有很多影响连自己也不知道。"

他们的话或许有道理，可是我还是不能原谅自己。一直到回到台湾，和台湾的朋友们说起这件事，还是耿耿于怀。

日子就这样混乱地过去。昨天，把《我给记忆命名》全书的初校稿终于看完，我决定应该与自己讲和了。或许还是会不断地出错，或许永远也达不到那个渺不可及的目标，可是能够走在这条回家的长路上，不也是靠着在自己的生命里已经是共生状态的两种文化的滋养吗？

讲和吧。讲和吧。我还是想要继续写我的叙事诗。虽然此刻心里有点明白，这个"自己"，或许就如同那个在西征的长路上孤单而又荒谬地行走着的"步兵"一样，永远永远也走不到花剌子模……

第五章

我给记忆命名

就像古诗里的「胡马依北风，越鸟巢南枝」。每个生命，都有他不同的选择与不同的向往，有连他自己也无从解释和抗拒的乡愁。

父亲与我的外祖父穆隆嘎先生（汉名乐景涛，1884—1944）。
外祖父于一九二五年被推选为内蒙古人民革命军总司令，后
曾任民国时代政府监察委员、国府委员。

1938 年，上海

关口

一九八九年夏天，第一次见到原乡，以后就年年都会去，然后也年年都往德国跑。因为母亲已在一九八七年过世了，我来不及与她分享自己新发现的原乡，幸好父亲健在，从波昂大学退休之后，还住在莱茵河边，我就常常去找他，向他诉说我的感触，也听他的解释，他的回忆，他在那样的乱世里的种种遭逢。

有天晚上，从河边散步回来，父亲向我说起一件往事：

"那是三十年代的秋天吧，冯玉祥的同盟军在张家口起义，他们的民兵把守着火车站，荷枪实弹地排两排对着出入口，每个进出的旅客都要接受调查，也就是翻查行李之外，还要搜身……"

二十世纪末叶，在莱茵河畔的四楼公寓里，父亲坐在他的沙发上，吸了一口烟斗，继续对我说：

"那时候你的爷爷刚搬到五台山上去长住，拜佛，修晚年。奶奶的墓地也在山上，是一座小小的骨灰塔，骨灰是由你的三伯父亲自背上山去的。我们蒙古人在那里有自己的寺庙，有活佛在主持。你爷爷是觉得他的五个儿子之中，两个已做了喇嘛（大哥早逝，四哥又继承大哥之后，也出家修行），另外三个儿子都已成人，他没有什么牵挂，就上山了。

"我在北京读汇文中学，又继续读辅仁大学。去五台山看你爷爷的时候，是乘着刚毕业，又还没找工作之前的空档，兴冲冲地跑去的。

"从五台山下来之后，要转回草原上的老家，就先坐火车到张家口，打算到了那里再找车回去。没想到一下火车就遇见了冯玉祥的军队把守着出口，没办法，只好跟别的旅客一样，乖乖排队，慢慢地耗着等吧。终于轮到我时，也只好学别人的样子，先把小箱子打开放在地上，再把双手向上高举，两眼平视前方，由着一个民兵仔细地隔着棉袍把我全身又摸又拍地都搜查完毕，低声对我呵斥了一个字：'走！'我就弯腰抱起小箱子大步走开了。眼角余光里只看到那两排举起来对准我们的枪管，心里有火，真的，耽误了这大半天的时间，回老家的车程还很长，到家岂不都要半夜了？"

我知道，我知道那条回家的路有多长！

从张家口穿过大境门之后，先要走上四十多公里的平路才到张北，到了张北，前面又有六十公里才能将将抵达内蒙古自治区的边界，而那六十公里之间，充满了迂回的往上慢速攀爬的坡路，当地的人称这一路的攀爬叫做"上坝"，是很贴切的形容，坝顶就是海拔一千两百或者到一千六百公尺的蒙古高原。

想年轻的父亲尽管如何地归心似箭，恐怕也是奈何不了前面这座大坝的吧。

"果然，那天很晚才到家，原先托人传过讯息，所以你的二伯父还没睡，在客厅里等着呢。我把行李放下，洗把脸后就去客厅。我们兄弟俩也有很久没见面了，你知道，你二伯父大我十六岁，我们的大哥去世得早，所以，在家里，你的二伯父一直是长兄如父般地督促我，现在见我大学毕业了，也很是高兴。

"我在他面前坐下以前，先把棉袍底下裤子右边口袋里的手枪掏出来，往桌上一摆，烛光下，原本笑容满面的哥哥突然变了脸色，站起来气急败坏地连声质问我：

"'你带着这个玩意儿做什么？你今天是从哪条路回来的？你没遇见搜查吗？'

"我给他问得有点纳闷。我哥哥又不是没见过枪，我们家里一直都备有不少武器的，长枪短枪都有。无论是防狼害或是防土匪，草原上的牧人家，为了自保，多多少少都有些配备的。当然，人在北京上大学，我其实用不着，不过，还是从老家带了一把手枪去北京，因为德国制造的这把，实在很好看。这次上五台山，还是第一次把它放在身上，想着或许可以有防身之用，还觉得很得意呢。

"没想到你二伯父接着说：

"'今天有人赶来告诉我，说冯玉祥在张家口全面搜查奸细，除了火车站以外，在公路上和市区里也布了关卡，见到可疑的人就搜身。搜出来带了武器的人，不管是枪还是刀都马上抓起来，有那拿不出什么身份证件来的人，就当场一枪毙命，听说死了好几个人呢。我知道你今天可能会碰上，还有点担心。你这是在开什么玩笑？一个读书人没事带把手枪跑来跑去，不是自找麻烦？难道没人搜你身吗？难道那个搜身的人是个傻子吗？'

"我这才开始回想那个搜身的民兵的模样。当时只觉得事不关己，也没细想，总以为他们是在寻找一个特定的对象，却耽误了这么多旅客的时间，所以心里其实充满了不屑与不满。双眼平视面无表情一方面是为了掩藏自己的情绪，其实也是在表达自己的情绪，根本不想看这个民兵一眼。不过，还是感觉到了他应该是个中年人，中等身材，微胖，制服并不合身，好像有点紧。他的呼吸声很重，在我的棉袍上又拍又摸的时候，动作并没有什么突然的停顿，然后就直起身来，对着我耳边呵斥了一声：'走！'我一直不觉得有什么不寻常的地方，可是，在哥哥说了这些话之后，我才有了疑惑。我穿的虽是棉袍，但秋天的棉袍不能算厚，就是再厚的棉花，也遮不住长裤口袋里那把坚硬的枪吧？差别其实是很明显的，因而，他的呵斥声才会那么低又那么急促？再回想，才觉得那一声呵斥，几乎像是他在求我快点走开似的。

"不过，在盛怒的兄长面前，我什么话也不敢多说。那天晚上，你的二伯父先没收了那把漂亮的手枪，又语重心长地嘱咐我，出门在外一定要小心谨慎，马上就是要去社会上工作的人了，别再跟从前一样，像长不大的孩子一般地胡闹了。"

说到这里，父亲在灯下微微笑了起来。我知道这笑意源自何处，这么多年，我们这些做儿女的都早已发现，家中真正做决定的是母亲，而且她的决定都非常正确，让我们心服口服。父亲虽然是一家之主，可是，在他心里的什么地方，好像还一直藏着个天真又热情的小男孩，不想长大。

那是曾经在旷野上骑着善跑的马儿驰骋千里的活泼生命，

曾经在一个兴兴旺旺的家庭里受尽父母兄长疼爱的娇宠幺儿啊！

所以，是那种孩子般的天真，让那个把关的搜查者起了慈心吗？

此刻，在灯下，父亲在向我重述他生命中那个奇异的遭逢之时，好像也是想又一次地寻找答案。

父亲说：

"那年我应该是二十五六岁，离现在都过了六十年了，很多事情早就忘记得干干净净。可是，不知道为什么，最近这几年，反而常常会想起这件事，连带也想起这个人来。我哥哥说得对，这样一把手枪放在身上，简直是胡闹。其实平日家中虽然备有武器，我从来也没用过，更别说对什么人开枪了……"

所以，那个搜查者也看出来了吗？

在决定告发或者决定放走他这两个念头之间，必定有些什么极为细小却又极为重要的环节突然凸显出来，触动了那个搜查者的深心。

是的，他是搜查者，他有任务要执行，他必须敬重自己的权威，他是冯玉祥将军的忠贞部下，可是……

可是，他也只是一个人，一个有血有肉、有感情、有记忆，甚至有点软弱的普通人，心里深藏着的是对生命的悲悯。

眼前这个年轻人的命运转折绝对是在自己的手里，为什么偏偏要在这个时间这个地点出现？他真是不知世路的艰险啊！

碰触到棉袍下那把手枪之时，搜查者的反应想必是震惊继之以愤怒吧。

是单单只因为看出年轻人的未经世事，或是因为突然想到留在老家的几个兄弟，还是那小皮箱里的书与笔是自己难以完成的梦想，或是，或是他根本不想在自己这一生里毁掉任何一个无辜的人？

除非是在无法选择的战场上。

如果把这个年轻人放走，是不是就可以证明他还能做一个不听命于任何人的普通人，还可以保有自由和洁净的灵魂？

不过，这都只是我的猜测而已，父亲听了之后，也不能给我任何肯定的回答。他只是这样告诉我：

"我觉得，对我们两个人来说，这都是一个'关口'。而他要通过这个关口，用的力气可是要比我的大上千百倍呢。"

城川行——宝日·巴拉嘎苏

（一）

信仰，到底是什么呢？

在年幼之时，我的父亲曾经对我解释过，他说，他是相信的。相信天地之间是有一种力量，在主宰着人类的命运。

他是用孩童能明了的方式来解释。他说，不管众人给这力量取什么不同的名字，立什么不同的规矩，其实都是人类深心里想表达对这种力量的孺慕和敬畏。

几十年之后，当我独自一人站在辽阔无边的大地之上，抬头仰望那更加辽阔更加深远的苍穹之时，我整个人也像孩童一样，直觉地感受到了那种对苍天的孺慕和敬畏，一如所有的游牧民族。

"孟和腾格里"，从匈奴到蒙古，两千多年以来，这就是我们对最高最深的力量的称呼——"永恒的苍天""长生天""腾格里天神"。

是的，如今我才明白，这就是北亚许多游牧民族的信仰。

不过，虽然这以"永恒的苍天"为信仰中心的萨满教是蒙古高原上最早（并且持续到现代）的信仰，但却不是唯一的。

由于游牧文化的移动特性，各地区不同的宗教因传播而得以深入族群。在蒙古人之中，也有很早就成为祆教、摩尼教、景教、伊斯兰教等信仰的教徒，彼此之间，并没有什么强制的行为或者冲突。

我想，或者是因为，无论信了什么宗教，在蒙古人仰望之处，总有那高高的腾格里，永恒的苍天在俯视着吧。

十三世纪，我们的圣祖，自己本身笃信萨满教的成吉思可汗，就曾经向他的广大帝国中所有的臣民宣示：

"人人均可信仰自己的宗教，遵守自己的教规。"

他的后代谨遵遗训，也从不去干预那三千万平方公里的版图上难以计数的不同文化族群中的各种宗教信仰。

只是，当蒙元帝国衰微之后，藏传佛教的影响逐渐扩大，表面上看来，几乎已经遍及整个蒙古高原了。

（二）

二〇〇七年九月五日近午时分，我走进寂无一人的城川教堂，心中强烈地想念着我的父亲。

城川，位于内蒙古自治区的鄂尔多斯高原之上，蒙文名字的字音是"宝日·巴拉嘎苏"，字义是"灰褐色的老城郭"。然而生长在鄂尔多斯如今在日本静冈大学执教的杨海英教授对我说，"巴拉嘎苏"在古蒙文里指的是"城郭"，在近代的蒙文里，它已近乎是"遗址"和"废墟"之意了。鄂尔多斯地区自古即是匈奴、突厥的放牧之地，唐代为了维系与牵制这遥远地域上的异民族，设了不少的"羁縻州"。城川在那时被称为"宥州"，

天雨禁行
1993 年，内蒙古

席慕蓉 摄

也留下一座废弃的遗址，就在如今的城镇边界之上。

现今，这个城镇的独特之处，却在于它曾经是天主教再度开始在内蒙古地区传教的一百多年以来，唯一的纯属蒙古信徒的教区。

不过，我与宝日·巴拉嘎苏之间的联系，是从一九九三年才开始的，之前我是一无所知。

那年，比利时鲁汶大学内的南怀仁文化协会，预定在八月举行一场蒙古学的学术研讨会，纪念比利时籍的田清波神父（Rév. Antoine Mostaert，一八八一——一九七一），他就是圣母圣心会的教士，曾在内蒙古传教多年。

住在德国的我的父亲，也在被邀约之列，他在长途电话里对我说，到了八月我也放暑假了，可以去做他的跟班。

那时，我的母亲已逝世五年了。父亲在电话里要我帮他找一张相片。他说，那是一张很有纪念性的相片，在北平辅仁大学的毕业典礼上，田清波神父前来向他道贺时，与校长三人的合照。

父亲说，他记得是带到德国来了，但是那几天怎么找也找不到，他要我试着在妈妈留下的家庭旧相簿里再找找看。

我记得那张老相片，是一张尺寸放大了一些的，和当年所有的老相片一样，虽然颜色褪得接近褐黄，光影却依旧清晰。画面上不是只有三个人，而是有一群的参与者。不过焦点人物是年轻的穿着毕业礼服手拿着一卷毕业证书正在发言的父亲，旁边是身材矮胖正微笑着面对镜头的校长，在他身旁稍远处，人群之前有位高高瘦瘦的西方人也面带微笑，却是微微侧身专注地看着我的父亲——这一个刚刚从辅仁大学教育系毕业的蒙

田清波神父
（Rév. Antoine Mostaert，1881—1971）

资料相片（翻拍）

古青年。

我记得这张老相片。可是，翻寻了很久也没能找到它。再打电话给父亲的时候，听见他难掩失望的语气，心里有点难过。

父亲说，田清波神父是位很受蒙古人敬重的人物，曾经长期在鄂尔多斯地区传教，好像还有座教堂在城川。同时，他也是一位深研蒙古语文的学者，出版了许多相关的著作……。

谈着谈着，原本对我是极为遥远的人和事，慢慢就有了一些比较亲切的关联。到了七月，我忽发奇想，为什么不先去城川一趟，也许可以找到那座教堂，拍些相片，再带到欧洲去给父亲看一看，或许他就不会那样失望了吧?

想到，就出发了。

先飞到北京，再从北京飞到内蒙古的首府呼和浩特找一位朋友，请他带我前往城川。

行前，早已在长途电话中说明过我的原意。到了呼市，进了旅馆，刚刚在大厅里的沙发上坐定，等着办入住手续之时，朋友就面有难色地对我说：

"这次恐怕走不成。城川离呼市很远，路又不好，都是沙土路，一旦下雨就不准通行，你停留的时间又短，万一耽搁个三五天，把你回台湾的班机给误了，那可怎么办？"

从一九八九年开始踏上原乡之后，我可是见识到什么叫"沙土路"了。还拍过几张立在路旁上面写着大大的"雨"字路标的相片，那是警告标示，下面有行小字说明雨天禁止通行。养路的工程队就在不远处，时刻监视，谁要是敢在下雨天的泥土路上开车，毁损了路面，那罪过可真是大了。(那是二十世纪的事，如今恐怕不多见了。）

怎么办？

我闷闷地拿着小行李包上楼进入自己的房间，用冷水洗了把脸，忽然就想通了，这么简单的事啊！

于是奔下大厅，向还坐在那里等我一起去吃晚饭的朋友说：

"没关系！我的机票随时可以改，不怕下雨。都已经来了，就算多留个十天八天也没关系，我们还是去一趟吧。"

朋友坐在黄昏时分还有些玫瑰色光的窗边，沉默地直视着我，我到今天还记得他那突然间变得极为苍白的脸色。

稍稍沉默了两三秒之后，他说：

"其实，是不让你去。"

乍听之际，我非常讶异，应该不过是间陈旧的小教堂罢了，有什么要对我防备的呢？

想不通，但是不能再为难朋友了。所以，我把疑问都放在心里，那个七月，就改变方向去了乌审旗，停留了几天。

八月，我空着手到了德国，再跟着父亲去了比利时，参加了会议。

倒是有两位从中国大陆前来的学者，带了几张他们亲自拍摄的城川教区的相片过来，在这次会议中，给大家传观，并且在会后还慷慨地送了给我。

其中一位还告诉我说，相片中的这座教堂，已经是第五代的建筑了。

这些相片不是摄影名家的作品，不讲究构图，人物有时还面目模糊，但是那在旷野里若隐若现的教堂远景，以及会众在室内的朴素衣着，还有教堂近旁空无一物的黄沙大地，却在在都吸引着我……

信仰，到底是什么？

在会议期间，我们还去了田清波神父的故乡布鲁日城（Brügge）。

这城镇我来过好几次，喜欢她的古朴，喜欢她狭窄的石砌街巷，曾是当年法朗德斯画派里许多作品的背景。几百年了，一切似乎并没有什么改变，仿佛是静止的时光肖像。

在这样如中世纪风景般的小镇上散步，我不禁会揣想，田清波神父，在少年时用着父母给他的名字 Antoine，也和同龄的朋友们，互相呼叫着追逐着，在这些街巷里玩耍过吧？

而他是什么时候下定决心要舍弃这一切？

书里是这么说的：

青年时期，田清波就学于天主教修道院。从十九岁开始，田清波用了五年时间系统地学习了哲学、神学及中国的文言文，同时，他以《新约》蒙文译本和荷兰蒙古学学者史密德编著的《蒙古语法》拉丁文译本作为教科书开始埋头攻读蒙文，从而打下了蒙古语的基础。

一九〇五年九月，年轻的神甫田清波奉命来到中国。"圣母圣心会"的柏米因主教拿起刚收到的杭锦旗王爷寄来的信给田清波看，田清波从未见过蒙文草书，但却准确地翻译了这封信，使得这位主教非常满意。田清波便被派往鄂尔多斯南部的城川，这里已是天主教在"西南蒙古教区"

的传教中心，田清波一直在城川待到一九二五年十月。

（《鄂尔多斯史论集》，陈育宁著，宁夏人民出版社）

那天，和父亲一起，漫步在这几百年来似乎没有改变过的布鲁日城中，想着这里就是田清波神父的少年故里。而他，从Antoine改名叫做田清波，果真在遥远的鄂尔多斯高原上住定了之后，偶尔，会不会在梦里梦见这一处美丽古朴的小镇？会不会想念她呢？

信仰，对于一个单独的生命个体来说，究竟是什么？

或许，对田清波神父来说，祂是可以超越了自己的生身父母，超越了自己的少年故里，超越了自己在尘世间一切纷杂的牵连。

可是，对我来说，怎么是恰恰相反？祂却更加强了我对父母的依恋和思念，加强了我对原乡的孺慕，以及因之而起的种种想望和牵连。

包括对遥远的城川教堂的好奇心。

一九九三年之后的十几年间，中国大陆的变化与开放尺度不可说不大。许多在"文革"中被捣毁的寺庙都陆续修缮一新，作为观光景点。北京上海等地的天主教堂更是从内到外，整修得美轮美奂。每次经过这些矗立在市中心，吸引着众多游客目光的老建筑之时，我就会不由自主地开始揣想，在鄂尔多斯高原上那一座可望而不可即的城川教堂。

不知道为什么，却总是会这样。

好奇怪的感觉，就在你身旁与你擦肩而过的行人于你是如此疏远。但是，在那遥远的地方，那些一生未必能见上一面的族人却感觉是这样靠近，近得仿佛能听见他们的低语和他们的叹息……

十几年就这样过去。二〇〇七年九月初，我去乌审旗参加"察罕苏力德"的盛会。中间又去了萨拉乌素河，发现已离城川不远，临时起意就求人带路，来到鄂托克前旗最南端的城川。

（三）

二〇〇七年九月五日近午时分，当我终于站在寂无一人的城川教堂里，我的父亲逝世已经快满九年了。

当初只是为了要讨父亲的欢心而起念。那么，或许有人会问我：

"现在，你又是为了什么来的呢？"

我也不知道。

如果我回答，潜意识里，我所有的在原乡的行走，还是为了讨父母的欢心，有人会相信吗？

相信或者不相信，在此刻已经无所谓了。

暂时抛开这些问与答，环顾周遭，我还真喜欢眼前这一切。

教堂里虽然空寂，却整理得极为洁净。这不是一件容易的事，因为，环绕着这个教堂，是一大片的盐碱地，若是起风的日子，那灰沙是挡也挡不住的。

而现在，日光从一尘不染的玻璃窗上透射进来，让十字架两旁铜质的蒙文对联，底色变得非常明亮。圣堂内该有的陈设一样不缺，简朴安静，而又看得出来在细节上极为用心……这是一座拥有虔诚信众的教堂。

城川教堂远景

2007 年

席慕蓉 摄

在我背后，有人打开了圣堂的大门，门外的天色很亮，亮光中，一位身穿黑袍的修女向我走了过来，到了近处，我才将她看清楚。

我猜她是那位马修女。我在一九九三年拿到的相片里有她。当然，十几年都过去了，时光在她此刻的容颜上留下许多风霜的痕迹，她身上的黑袍子材质也很粗陋。可是，那微笑，那凝视着我的眼神为何如此光灿，如此温暖？

"累了吧？要去喝点水吗？"

她轻声问我，那汉语带点黄土高原的口音，想是受到从陕西那边过来的汉人的影响吧。

她带我走出教堂，走进前面那列平房中的第一间，应该像是办公室兼会客室。

她给我倒了一杯温开水，又让我和陪我来的朋友们坐下，先道歉说马神父刚巧不在，然后轻声问我是从什么地方来的？

虽说大陆已经完全开放了，从前的那些顾忌应该也早已经不存在了，但是，我的回答却是：

"我是锡林郭勒盟正镶白旗的人。"

我不想在她面前说谎。但我更不想给她多添什么不必要的麻烦。所以，仓促间我说出了我父亲故乡如今的名字。

应该不算说谎吧？

我既不是来探访，也不是来观光。怎么能够让别人相信，我只是想来这座教堂里静静地跪下，祈祷，向父亲说我终于达成这个单纯的愿望了，并且谢谢他的指引。如此而已。

能够遇见马修女，对我是一种惊喜。

我问她："要怎么称呼您呢？"

她说："你就叫我马姑姑吧。"

马姑姑说，她是本堂马仲牧神父的妹妹，今年有七十七岁了。她本来还有一个姊姊，也是修女，不过已经去世了，就葬在教堂旁边的墓园里。

现在的这座教堂，是一九八七年盖的，盖了一年才完工，已可算第五代了。第一座在一九○○年的义和团围攻之下被烧掉了，第二座好像是从一九○二年盖到一九○六年，规模很大，在几十年之后也被烧毁了。后来在盐碱滩上盖的比较早的那一座，也破损不堪，都不容易找到了。

马姑姑说，现在教友并不只是蒙古人了，有许多汉人也信了教，在城川市镇里，还为了他们的便利，另设了一间天主堂。

我说，我们在来此之前，已经去探看过了，是借一栋旧的砖瓦平房其中的空间布置而成的。外面虽然是杂乱的属于别人的厂房和院子，里面却是一间小小的圣殿，是一种简陋至极却又充满了诚心诚意的拼凑。

我们就这么随意地聊着，马姑姑坐在我对面，背后是灰白的墙壁，成为最好的背景，使她整个人的轮廓就清清楚楚地显现在我眼前。

信仰，究竟是什么？

历经了两个世纪，在无穷无尽的纷扰与灾劫中存活了下来的这座教堂里，有这样的一位修女，竟然是以如此安适、从容的生命姿态来接待我。时光可以让人老去，但那充满在她生命里的热情和坚信，却可以让她的轮廓显得如此饱满和美好。

虽说立意不是要来采访，可是这时候我却忍不住想要拍摄。于是，在征得马姑姑的同意之后，我拿出了相机，拍下了她的肖像。

马姑姑静静地坐在木板凳上，等我拍了几张之后，她却建议应该去拍一下教堂前方的葡萄架和果园。

马姑姑很自豪于那些葡萄，她说如今已经可以把每年的收成酿为红酒，在弥撒献祭之时拿来用了。

真的，和那些在一九九三年拿到的相片做比较，原来教堂旁边空空的土地上，如今栽植了许多植物，除了紫红的葡萄已经成熟之外，西瓜也都圆滚滚地长在藤蔓之间了。在前庭还有一棵桃树此刻也结满了青绿和粉红互相浸染的小桃子，和周遭那一大片荒凉的盐碱地相比，这里可说是一座世外桃源了。

然而，我却难以久留，还必须赶路。

带我前来的一位教友说：

"马神父这阵子身体不好，住在医院里，今天下午应该会回来，你要不要等他一下？"

马仲牧神父出生于一九一九年，蒙文名字的译音是特古斯毕力格。一九四八到一九五一年在北京的辅仁大学读书。他是深受田清波神父影响和培植的高才生，通晓多种语言。一九八六年被晋封为主教。今年的他，应该已经有八十多岁了吧，我多希望可以见到他。

遗憾的是，我这次的时间却没有一九九三年那次的从容了。答应了太多的事情，必须在当天赶回乌审旗。九月六日要用大半天的时间驱车北上呼和浩特，才赶得及参加九月七日上午举行的内蒙古大学五十周年的校庆典礼。

马姑姑
2007 年，鄂托克前旗

席慕蓉 摄

　　虽然，这两地之间的公路再也不是当年的沙土路面，可是，距离依然是无法改变的几百公里，中途，还是有些地方有车速限制。而且，即使此刻赶回乌审旗，也有很长的路程要走，我的确不能等到下午了。

　　那位教友看到我无奈的神情，他就微笑着再试着来劝说我：

　　"你知道吗？葡萄都已经熟透了，马神父今天赶回来是为着要酿酒呢。多可惜，你不能和他见个面。"

　　是的，是真可惜。

　　可是，他说了这几句话之后，我心忽觉释然，原来，人生在世，各有各的必须去赶赴的约会啊！

　　想象着一位须发皆白的老主教，原来和他的葡萄架上已经熟透了的葡萄们有个约定，必须准时赴约。那么，我的必须赶路，好像也应该是对许下的诺言守信，就上路吧。

　　是怀着这样满足和愉悦的心情，我向马姑姑告别，她一直送我们到大门口，微笑向我说：

　　"有时间的话，常回来看看吧。"

　　我说我会努力。在车窗里向她挥手时，真希望这个愿望可以实现。

　　然后，我才忽然想到，我最初始的那个愿望不是在今天已经圆满实现了吗？怎么还不知足，又来许一个新的？

　　（四）

　　之后，翻读了一些带回来的书，"宗教""信仰""政治"以及"侵略"这些词，总是在书中互相纠缠。还包括所有"学术研究"的背后，也带着"侦查"和"汇报"的目的。

是的，涉及群体，涉及敌我，就一定会有许多心机和冲突，因而造成难以否认的诡谲的史实。

但是，我此刻想探问的却是，一个单独的生命个体，究竟是如何与信仰相遇？又是凭借着什么力量而得以一生一世，此心不渝？

譬如田清波神父。

他用自己的一生来证明，他既没有辜负了自己所信仰的天主，也没有辜负他为之投入了一生的鄂尔多斯高原。

一九〇五年，才二十四岁的年轻神父来到了城川。开始确实是为了传教，所以，就以他在动身之前就已修习扎实的蒙文，努力把许多天主教的教义书籍，译成蒙文给蒙古信众阅读。

在同时，他也开始了对蒙古语言学的研究。在多年辛勤搜寻资料以及研究鄂尔多斯地区从古代到现今各种变化的词语形态之后，编出了三卷本的《鄂尔多斯蒙语词典》。

在研究和搜寻工作中，他对鄂尔多斯地区的历史、民俗、民间文学等等方面也极感兴趣，还在实地调查里，证明了当地的厄尔呼特人就是鄂尔多斯地区古代基督教徒的后裔。

他在城川工作了二十年，一九二五年虽然是离开了城川，到北京的辅仁大学工作，然而这工作却是又一个二十年的埋头整理这些资料以及出版研究心得的著作，一直到一九四八年。

一九四八年，在不得不离开中国的政治情况下，田清波神父去了美国，而在此后的二十多年里，他依旧是以对鄂尔多斯的研究为重心，又陆续出版了许多著作。一九七一年，当他以九十高龄在美国去世的时候，已是一位著名的蒙古学学者了。

可以说，除了以 Antoine 的名字，在故乡度过了自己的少年时代以外，整整大半生的心力，都奉献给了信仰。而这信仰里，还包括那对"鄂尔多斯学"的孜孜不倦与不离不弃。

这种对学术的热情，对一块土地的真心诚意，是否就是深藏在信仰里最美好的质素呢？

在属于 Antoine 的故乡小镇上，今天，或许已经没有什么人能向我们讲述他的少年岁月里的种种了。然而，在鄂尔多斯当地，和他有关联的朋友以及家庭真是数不胜数。他们的记忆虽然各不相同，但有个共通点，就是对这位神父的敬重。书中有言：

"田清波神父的文章不带任何政治色彩，不偏不倚，可知其人格高尚。"（《国外刊行的蒙古族文史资料》，杨海英编著，内蒙古人民出版社）。

是的，在面对鄂尔多斯的历史与文化的种种资料之时，他的认真和谨慎，他的诚恳，从牧民到贵族都能感受得到。十几二十年这样走过来，自然就如杨海英教授书中所说的"在当地蒙古族社会中有很高的信誉"了。

得到了这样的清誉，拥有了丰富的文史资料，此后，即使人离开，去了他处，他的心却从来也没有离开这片土地。

或许，也就是这种认真的态度，以及不偏不倚的高尚人格，才可能在同时吸引与温暖了信众的心吧。

因此，有的时候，在有些人的生命里，"信仰"也有可能只

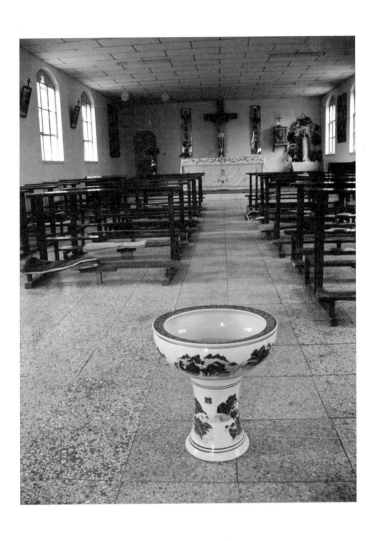

城川教堂内部
2007 年

席慕蓉 摄

是单纯的信仰而已，别无他想，也别无他求。

在这个世界上，我相信这样单纯地怀抱着信仰的人，应该也不是少数。

（五）

图娜拉，生长在鄂尔多斯的一位天主教徒，后来出国去蒙古国的国立师范大学历史系做研究生，专攻宗教学。毕业之后，发表了一些关于城川教堂的论文，可惜英年早逝，四十岁不到就辞世了。

我读到她的一篇《城川纯蒙古天主教区初探》，我想用她文中的一段作为我这篇文字的结束：

图娜拉认为："天主教传入中国有服务于侵略者本身利益的目的，但也不能否认对文化交流起过促动作用。尤其第二次传播到普通人民之内，具有很强的生命力。因为大凡在人民中生存的东西大都是无限的，这就是流传至今的重要因素之一。"

大凡在人民中生存的东西，大都是无限的。我想，我会一直记得这一句话。

没有什么人可以否定它吧？

克什克腾草原

"克什克腾"（Kheshgten），原是一种身份和任务的称呼，在蒙古的历史里，是成吉思可汗的亲军与护卫队，凭着他们的勇敢敏捷与忠诚，辅佐可汗统一诸部完成建国大业，在最荣耀的时刻，成为一个万人队伍的荣耀封号。可汗还感激地一再尊称他们为天赐的"福神"。再后来，就成为一个部族的名称。八百年风云变幻，也同时在他们为之奋战而丧生的大地之上，成为一处辽阔草原的名字了。

克什克腾草原，是我母亲的故乡。母亲的先祖，都是大蒙古国克什克腾大中军的传人。

这两万多平方公里的草原，充满了我渴望要了解的讯息，而我来何迟……

（一）

是的，我来何迟。

更加上这中间有四十年的隔绝，首先就是要面对两种截然不同关于自己的外祖父生平事迹的说法。

我无缘得见他老人家，但家中一直都有许多外祖父的相片。

在我年轻时所知道的线索，是一份发表于一九六四年秋天的"国民政府乐故委员景涛先生生平事迹"的千字简介，是为在台北举行的外祖父逝世二十周年纪念会上追思所用。

上面是这样记载的：

先生籍隶内蒙古昭乌达盟克什克腾旗，民国初年国会众议院议员乐山先生之长公子，幼聪慧，事祖父母及父母至孝，读书识礼，深明大义，精通蒙文。年十七，充任多伦同知理事翻译官，旋转多伦协镇府书记官，克尽厥职。嗣任本旗参领，热河经棚善后局局长，警察所所长，均著声誉。时值逊清末季，朝政暗弱，外侮频仍，有识者皆汹汹思图复兴，先生闻总理在海外倡导革命，心向往之，遂加入国民党。斯时先生任陆军部直隶骑兵营营长，招致北洋当局猜忌，被解除武装，查抄财产，并焚毁家宅。二年，当选国会参议院候补议员，四年，任本旗总管，创办蒙旗学校，直辖教育部，开未有之先例，并为沟通民族文化暨融洽情感计，保送青年子弟分至内地求学，成就人才甚众……

父亲曾经告诉过我，外祖父的理想就是要以教育来全面提升民族的素质。

所以，当民国初立，四年（一九一五），就任克什克腾旗总管之时，外祖父的第一件工作就是创办了蒙旗学校，名为萃英小学。那时，外祖父才刚刚过了三十岁。

那时，萃英小学全校以蒙文教学，但也有汉语课。父亲说，外祖父认为一切都要从最早的小学教育开始。除了延续民族文化之外，主要是希望从小提升和扩充蒙古孩子的眼界与胸襟，培养他们将来面对世界的能力。有了有能力的年轻人，民族才有希望。

父亲说："你外祖父是真正有理想的革命者。"

但是，但是，我的外祖父面对的，又是一个什么样的时代呢？

一九一一年，孙中山先生革命成功，民国肇始。外蒙古也在同年十一月三十日，在活佛哲布尊丹巴的号召下宣布独立。但是，在内蒙古的土地上却依旧是军阀割据，混战不休，受害最大的就是草原上的牧民，脆弱的草原被破坏殆尽，牧民更是受尽欺凌。但是由于地处偏远和恶势力的官官相护，消息被封锁，让外界难以得知真相。

此时的北京政府是由袁世凯主持，外祖父眼看内蒙古的前途险恶，于是在民国六年（一九一七）毅然南下广州，参加了孙中山先生的护法运动。

然后，在这份"生平事迹"的简介里是这样继续着记述下去：

……至十四年（一九二五），内蒙国民党第一次代表大会被选为常务委员，并被推为内蒙国民革命军总司令，兼国民革命军骑兵纵队司令，同年十月为热河警备司令，热河全境民兵训练总监，兼国民革命军联军总司令部参议。十五年（一九二六）复任察东防务司令，兼国民革命军骑兵第一路司令，举兵响应北伐……

不过，自从能够返回原乡，开始阅读内蒙古的诸多文史资料之时，让我惊诧的是，这其间怎么会有这么多的差异？单单是"国民革命军"与"人民革命军"这一字的变换，就让我意识到其中一定有许多难言的苦衷。

父亲曾经告诉过我，这些新获得的文字资料不可全信。但是随后他又说了几句话：

"也不要为此而去责备别人，其实，很多时候，很多人和事都是不得已的。"

是的，我明白。

经过了这么多年的离散与隔绝，写出来的"历史"总不免会有谬误与矛盾之处，没有必要再来互相责备。且让我静下心来，试着去理出一些头绪吧。

（二）

初次回乡的那个夏天之后，我与父亲之间，有了一种更为亲密的联系。每年我都往返于台湾和蒙古高原两地，为父亲探寻故乡的讯息，然后再飞到德国波昂，父亲晚年在莱茵河畔的居所里，向他一一禀报。

父亲也开始回溯往事。记得是在一九九一年的六月六日（我后来写在日记上）那个夏夜，父亲说他自己第一次见到我的外祖父之时，还是个小学生。他说，那次应该也是我的二伯父与我的外祖父两人的第一次见面。

我的二伯父尼玛鄂特索尔（汉名尼冠洲）比父亲大了十六

外祖父在家中
1936 年，北京

岁左右。我父亲是家中幼子,上面有四个哥哥,三个姐姐。由于大哥年少时就出家当喇嘛,又很早就去世了,所以二哥就是家中弟妹们的长兄了。

父亲说,那次见面是在张家口,时间应该是在民国十二年以前,那时第四混成旅秦旅长在张家口叛变,二伯父带领一家人在盐务局避难。

外祖父那晚也在,久已互相闻名的两人,自此一见遂成为莫逆之交。

那时,昭乌达盟克什克腾旗的穆隆嘎先生大约是三十八岁左右,察哈尔盟镶黄旗的尼玛鄂特索尔先生应该有二十七岁了吧?都正是充满了热情与理想的青壮之年,而且同属察哈尔八旗群,对民族前途又有着相同的期盼。

是怎样的乱世将他们两人牵系到一起,竟然成就了另外一番文化志业。

外祖父虽已在军旅,却念念不忘为民族扎根的教育理想,那天晚上,在黑暗幽闷的困居之处,初次晤面的两人一直在微笑着低声交谈。坐在角落的那个小学生什么都没听见,却一直记得虽是避难,他也始终不觉得惧怕。

父亲说:"我当时非常羡慕他们的勇气,所以我也告诉自己,不可以害怕。"

那个晚上逐渐成形的理想,在之后有两三年的停顿,当然是因为战乱造成的分散,不过,盟约却始终在两个人的心中。

父亲记得的是从民国十六七年开始,二伯父尼玛鄂特索尔在张家口办学社,翻译蒙文书籍为汉文,或者将汉文书籍译成蒙文，然后还兼印刷，发行。

父亲说是请察哈尔盟各旗有学问的人来执笔，大约有七位到八位左右。从选书到翻译，都是私人资料，出自古老的典籍。他不记得是叫"蒙文翻译学社"还是"蒙文音辨学社"。

而外祖母的记忆则是：

"那时你外祖父办的书社整整占了张家口市区的半条街呢。"

那应该是这两个家族最令人怀念的黄金时光了吧？

所以，我外祖父的理想不只是办一所小学而已，他还希望给这个民族的成年人有可阅读的书册，是学校教育之外的社会教育。

可惜的是，天不从人愿，这间充满了理想又颇具规模的书社，兴兴旺旺地经营了五六年左右就被迫停顿了。据父亲的回忆，约在民国二十二年（一九三三）。

三年之后，民国二十五年（一九三六）一月二十三日（也是当年的阴历除夕）我的二伯父尼玛鄂特索尔在张北县南坡的公路上，在返回张家口的车程中被日本特务持枪暗杀，猝逝时年仅四十二岁。

虽然，在内蒙古的近代史上，穆隆嘎（一八八四——一九四四）与尼玛鄂特索尔（一八九四——一九三六）两位英雄人物都留下了名字，但是，他们二人因理想相同而合创的译书社，却因为战乱与隔绝，痕迹已逐渐模糊难寻了。

在往昔，沧海桑田，恐怕是要经过千年万年的时光变幻。而如今，仅仅是一个世代的中断，短短的几十年间，一切就杳无声息，再也找不回来了。

前几年，杨海英教授来台湾访问，我陪他坐火车去花莲旅游。车中所谈，都是关于蒙古的各种文化议题。不知道是什么触动，我忽然说起了外祖父和二伯父在张家口办译书社的事，话才刚出口，他竟然惊呼起来，连连说着：

"原来是你们家啊！原来是你们家啊！"

原来，杨教授对从二十到四十年代，在内蒙古曾存在的几处译书社都做过研究，知道了当年的主持者是何人，独独只有在张家口成立的这间译书社缺乏线索，至今成谜。

所以，那天他的惊喜是看得见的。映照着车窗外台湾东海岸光耀的蓝天与大海，他的笑容也极为灿烂，让我印象深刻。

不过，对于我来说，在原乡大地之上，在那遥远的北方，还有许多谜题待解，且让我慢慢去寻索，细细去思量吧。

（三）

十七年（一九二八）五月，为内蒙党务指导委员，兼组织部长，二十年（一九三一）二月为国民政府监察院监察委员，二十四年（一九三五）被选为中国国民党中央执行委员。热河沦陷，日寇以先生系蒙旗众望，屡计罗致而不得，遂迁怒于其家族，复将原籍财产悉数没收。京沪失陷，而首都财产又付之一炬，当时先生匿迹沪滨，秘密工作，诅料二十八年（一九三九），南京伪政府威逼利诱，使出任伪蒙藏委员会委员长，先生断然拒之，几遭不测……

父亲保留了一张他们翁婿合照的相片（见本章首图），日期是一九三八年八月十日，地点在上海。那正是外祖父为了摆脱日本人在内蒙故乡的纠缠而"匿迹沪滨"的时间。想不到再过不久，又因为拒绝南京伪政府的聘书，再受到暗杀的威胁。

在这张合照的背面，年轻的父亲记下自己当时的心情：

> 二十七年七月被选参政首届会议召集于汉，会后赴沪省视。适值第三期抗战，因思国难方殷，个人行止未克预定，特摄此影以志纪念。一九三八年八月十日摄于上海百乐门，九月念日志于重庆上清寺。

父亲是很崇敬他的岳父的。

或许，因为这一份崇敬之心。使得他在我们这些从小在台湾教育系统下长大的孩子面前，保留了一部分的历史记忆，避而不谈。他可能是认为我们太脆弱，恐怕无法了解当年的种种艰难。

的确，当我初次听到一位内蒙古的学者对我说的，我的外祖父曾经是个"极为忠诚的'共产国际'信徒"之时，就在那个当下，我确实是万分惊愕，难以想象的。

不过，我也逐渐接受了这个事实。

如果是因为看到了一个好榜样，想要与这样的革命者同行，为了拯救备受欺凌的内蒙古家乡，满清末年，年轻的外祖父当然可以加入孙中山先生的革命行列，进而成为国民党员。

那么，对于"共产国际"，他为什么不能相信？

当然，完全对当日当年一无所知的我，绝不能自以为是地多置一词。但是，或许可以试着揣想：

他相信的是什么？

二十年代初期的外祖父，已经不能说是年轻人了，但他仍然愿意加入那一个以号召世界革命为己任的组织，是因为他相信他们真有理想、有抱负、有同情，愿意去帮助所有那些正在饱受欺凌的弱势民族得到解救，使他们得享真正公平的待遇。

是的，如果连具有这样高贵理想的组织他都不愿意去相信的话，他还能去相信谁？

将近百年的悠长时光都已过去，此刻，已是二〇一七年的春天了。灯下，翻阅这几年间才读到的资料，不禁为当年曾经那样深深相信过的外祖父感到疼惜。

因为，是要到了此刻，我才知道，那个当年的"共产国际"，自始至终都没有真正倾听过他的呼求。

（四）

二〇一四年七月底，我应邀参加在克什克腾草原上举行的一场学术会议。会议的名称是"应昌忽里台'蒙古弘吉剌部与克什克腾历史文化高层论坛'"。

我当然知道，我是完全没有资格在这样的学术会议中发言的。朋友的邀请只是出于一番好意，让我乘这个机会再来母亲的草原上和大家聚一聚。

所以，我这个永远的"旁听生"是抱持着来凑热闹的从容心情回到克什克腾的。

会议的场地也很出色。

在辽阔的草原上，支起了一座大型的毡帐，里面可容纳将近百位的参与者。场内的现代视听设备和桌椅一应俱全，只需要场外不远处一部流动的发电机，会议中二十多篇各种语言文字的论文发表全无障碍。

（所以，谁说游牧生活与现代科技是两相抵触的呢？真实的眼前就有这个好证明，证明两者其实是相得益彰的。）

这次前来参加会议的学者有蒙古国、美、日、韩、波兰、澳大利亚、匈牙利和中国各地，在会场里有人用英文和蒙文，有人用日文和蒙文，有人谈历史上的赤曲驸马，有人谈鲁国的大长公主祥哥刺吉，有人谈察哈尔万户与克什克腾部……

整座毡帐里，发表论文的学者与听讲的众人个个都兴致盎然。我原本从容的心情逐渐消失，突然有点寂寞和惆怅的感觉了。因为我发现，其实，在这一刻，我连做个"旁听生"的资格都没有。

这一刻，日本九州大学名誉教授森川哲雄先生正在台上用日文讲述他的论文《察哈尔万户与克什克腾部》，旁边是一位年轻的学者用蒙文在为他做即席口译，而我，能"旁听"到什么呢？低着头，在笔记本上假装着在写些什么心得，却不能成句……

情绪纠结，难以言说。

第一次，我在故乡的草原上迟疑自问，尽管我父属察哈尔，我母属克什克腾，此刻，在这一篇论文之前，我，怎么竟然就如同一个言语不通无知无识的多余的人？

那时大概接近下午四点钟左右，突然下起大雨，响起震耳的急雷，是一声又接着一声的狂烈霹雳。这是我回返原乡二十多年以来，第一次在穹庐之内听见如此响亮的雷声。

场内的人好像并没有受到什么影响，依然在专心聆听，而我听见的却是雨声，雨越下越大，绵密又急速的雨点打在全新的毡帐之上，是何等愉悦迷人的声响。我也听见有人在后面轻声赞叹："这是喜雨，这是喜雨啊！"

就在这个时候，从我的左方，有位先生挪过来靠近我的位置。坐定之后，方知他是赤峰学院的李俊义教授。他安静地示意我把这次的论文集打开，在第五十九页上，是内蒙古大学苏德毕力格教授的论文，论文的标题是：

《从慕容嘎的几封信看内蒙古人民革命党的分裂》。

五分钟之内，天差地别，历史沧桑从遥远的天边突然直逼我的眼前。原来，我是有一万个理由来参加这次的会议，有一万个理由来做个认真的旁听生的啊！

会议中场休息的时候，经过李俊义教授的引见，得以认识了苏德毕力格教授。他向我展示了外祖父以毛笔书写的一封蒙文长信。（这几封信的原件出自蒙古国的国立中央档案馆蒙古人民革命党资料中心。）

在苏德毕力格教授的论文中有一段：

……内人党内部的裂变急剧加大之时，慕容嘎于一九二八年三月十七日给蒙古人民革命党中央委员会秘书长葛勒格森格写了一封密信，表明自己的立场并就内人党的将来提出了自己的设想。

我虽不通蒙文，却可以从眼前那浑厚饱满又力求工整的笔迹里，感觉到这位执笔之人心中的诚恳，他多么希望收信者能够清楚地读完这封信，从而可以了解到自己的心意啊！

从来无缘得见的长辈，我的外祖父，在这一刻，以他缜密亲书的笔迹与我在克什克腾草原上静静相对，恍如晤面。

我不禁心怀战栗，热泪盈眶。

原来，我真的是有一万个理由来参加这场会议的。之后，在苏德毕力格教授的论文发表会场上，他拿出一张有七人合照的相片（是属于最早的内蒙古人民革命党的成员吧？），其中有我的外祖父，但是苏德毕力格教授难以确认究竟是其中的哪一位。

于是，整个会场的人，目光都转向我，等待我前去指出在七人之中的克什克腾的慕容嘎。

虽说已近百年时光，但对于一个正常的地方史志的记录而言，却实在不能算是悠长，而此刻记忆却已完全断裂。在这块外祖父为之拼搏了大半生的土地上，已经没有一张他的肖像留存好作为学者参考查证的依据了。

这时，我激动的情绪已经平复，于是恭恭敬敬地上前，双手一前一后平举，掌心向上，右手再往前微微伸出确认，是的，是这一位，我面对的相片上右边第二位就是慕容嘎先生，我的外祖父。

人生长路上所碰触到的一处极为珍贵难得的交会点，谁人能预先测知？

从遥远南方太平洋上的一座小岛飞来，置身在这两万多平方公里的克什克腾草原中间，隔着几近百年的历史沧桑，我的出现，应该是必须和必然的事吧？

即或仅只是为了这短短一瞬间的交会，这无限恭敬又无比确定的微微向前伸出的一个指认的手势？

谁人，谁人能够预先测知？

（五）

感激苏德毕力格教授的深入研究，在他这篇论文里，解答了我许多累积的疑惑，也弥补了这么多年来，在台湾的蒙古同乡长辈们因为"避而不谈"所造成的遗憾。

请容我在此摘抄几段：

> ……其父乐山是民国初年国会众议院议员，因思想较新而与国民党接近。慕容嘎自幼受其父影响较深，在北平接受启蒙教育，并同革命党人多有接触。
>
> 在俄国十月革命及外蒙古人民革命的影响下，内蒙古蒙古族青年开始成立政治组织，以期实现民族自治和解放。一九二四年底至一九二五年初，正值孙中山赴北京，与李大钊共同发动国民会议运动之时，大批蒙古族青年知识分

子聚集北京，讨论召开内蒙古国民代表大会及成立内蒙古国民党事宜。起初，墨尔色（郭道甫）发起成立了"中华民国蒙党执行会"，色楞栋鲁布（白云梯）担任会长，共有七名会员，这七名会员之一就是慕容嘎。"蒙党执行会"成立后，色楞栋鲁布、阿拉坦敖其尔（金永昌）、慕容嘎等前往外蒙古考察访问并寻求援助，与共产国际和蒙古人民革命党建立了更为密切的关系。

真相逐渐显现。那时的国民党和共产党还是联合一致的，而那时的苏联也是所有热血的知识青年所仰慕的国家。"共产国际"发愿要支持全世界的穷苦人民，要支持所有世界上被欺凌的弱势民族。我的外祖父自此就和他的同志们频频奔走于蒙古高原的南北之间，即使真的要为此而抛头颅、洒热血、马革裹尸也在所不辞。于是：

……慕容嘎受"内人党"中央派遣回到克什克腾旗组建第--纵队，他在该旗保安队的基础上组建一支六百余人的部队，整编为内蒙古特别国民军第一纵队（亦称蒙古骑兵队）。同时，在经棚设立了蒙旗军官学校，以他过去亲手创办的萃英小学的学生为基础，招收了四十名蒙古族青年学习军事、政治，培养干部，他亲任校长，阿拉坦敖其尔任教导主任。

一九二五年十一月二十三日奉系将领郭松龄倒戈反奉，冯玉祥军队开进热河，向奉系军阀进攻。与此同时，命令蒙古骑兵队夺取经棚、林西、开鲁一带各县城。十二月六日，慕容嘎部奉命率六百骑兵由达王庙起兵攻打经棚，占领经棚后，队伍扩充到一千两百人。不久，又攻下林西、乌丹。一周之内，连下三城，大获全胜。此时慕容嘎部队人数已达三千余人，又追击奉军到开鲁、洮南。由此，慕容嘎部声威大震。奉军头子张作霖大为震惊。事后派员调查，并呈报民国政府蒙藏院要求对慕容嘎进行查办。

一九二六年一月，在讨奉战争中失利的冯玉祥通电下野，出走苏联寻求支持。三月，冯玉祥的国民军西撤。慕容嘎的纵队也随之撤离锡、昭、卓三盟西迁。此后，慕容嘎一直跟随内蒙古人民革命党中央活动于内蒙古西部伊克昭、乌兰察布两盟地区及宁夏一带，积极参与革命活动。

在二十世纪九十年代初，我刚刚回到克什克腾草原的那几次，会有当地的老人感叹着说："乐司令的外孙女都这么大年纪啦！"

其实，我猜想，他们或许也没有亲眼见过乐司令。只是，乐司令所率领的蒙古骑兵队的那几场战争，想必已是他们自小听着长辈们不断传诵着的童年记忆了。

最近这十年来，我再回到克什克腾的时候，就会有年轻的当地朋友把我带到某一片草原上，遥指远方起伏的丘陵，向我解释，当年，乐司令的部队是从哪个方向过来，在这里和敌人展开了一场激烈的战斗。在他们热情的描述中，乐司令慕容嘎骑在马上横越过草原的英姿几乎就在眼前。

在克什克腾草原上的传说中，我的外祖父是勇敢、坚毅，为人民除害的英雄人物。

我相信，这样的美德，我外祖父应该也都具备。只是，在那样混乱的时代里，他或许可以在战场上求得胜利，却无法对抗人世间的倾轧、斗争、排挤，以及暗算。

更何况，那是以一整个国家的力量来操控的暗算。

苏德毕力格教授的论文指出，由于蒙古人民革命党的对于内蒙古人民革命党的全力支持，引起了当时的中国当局和苏联政府方面的猜忌和不安，因此"苏联方面通过共产国际对内蒙古人民革命党进一步施加影响，使之在其能够操控的范围内展开活动。"

一九二七年八月上旬，斗争行动开始，在"内人党乌兰巴托特别会议"上，"由于慕容嘎搞军运工作未被充分肯定，再加上他在蒙古国学习的四弟道容噶跟郭道甫关系密切，慕容嘎也受到了牵连。"

父亲在世的时候，曾经告诉过我，外祖父最痛心的是，有另外一个盟旗的内蒙古人向苏联告密，我的三舅爷与四舅爷便因此而在外蒙古被杀害。外祖父有四兄弟，他居长，带着三弟和四弟进入革命事业，却没想到他们会受到同族族人的陷害而失去了性命。

一九二七年八月的"内人党乌兰巴托特别会议"是一场由苏联当局授意的权力斗争。会议之后，被排挤在外的内人党旧日的党中央，已被新上任的党中央向蒙古要求对他们严格控制，不得让他们离开蒙古国。

幸好有贵人相助，外祖父和几位同志，终于脱险南下，回到故乡。

但是，外祖父对共产国际这个组织并没有失去信心，对蒙古人民革命党也没有失去信心，因而才有之后的几封信件，以及一九二八年三月十七日的这一封"密函"。

虽说是"密函"，但是，从苏德毕力格教授论文中所译出的全文来看，其中并无任何不可公开之处。克什克腾的慕容嘎念兹在兹的依旧是恳求"蒙古人民革命党中央本着革命的宗旨，遵循扶助弱小民族人民之精神，帮助并领导同族同种之内蒙古人民革命党。"

提笔之人虽无私心，可是，在那样的乱世里，有谁会相信？有谁会天真到愿意去相信？现实极为无情，克什克腾的慕容嘎应该是始终没有得到回音吧。

在这篇论文的最后，苏德毕力格教授指出，他以这几封信件作为探讨主题，是缘于：

> ……我们可以从这封信窥见内人党走向分裂除了外部因素的作用，还有更深刻的内在原因，诸如革命纲领的不确定性、内部凝聚力涣散、派系之争严重等等。

是的，理想与无情的现实相对，恐怕只能日渐趋于涣散了。

因此，外祖父之后就退出了内人党，并且从此在许多场合都不再发言。我曾经读到过一些对他后期表现的评论，认为他对诸事已"不再关心"，也"不再表示意见"。

我无法同意这样的评论。

外祖父或许是比较沉默了，但是他曾经很坚定地表达过他的意见，譬如在对日战争时期绝对不肯被日本人收买，也绝对不肯去做南京伪政府的傀儡。他对故乡大地的理想和期盼虽然遭受无数的挫折，却始终不肯放下。

对外界，他或许表现得淡漠和沉默，但是我所知道的是，每当我父亲去探望他的时候，翁婿二人之间，曾经有过无数次的深谈，对故乡大地的一切，我的外祖父始终放在心上，从未放弃……

只是，前路上再也没有可以重新开始的时间了。民国三十三年（一九四四）十一月十三日，我的外祖父在医院开刀割治背上因感染而生的脓痈之时，由于院方施打麻药不慎过量而逝于西安，距生于光绪十年（一八八四）五月二十九日，享年六十一岁。

（六）

在他故去的二十年之后，在《国民政府乐故委员景涛先生生平事迹》的千字简介里，对他一生的艰难奔走，出生入死，有这几句评语：

> 先生性谦和，与人相交，诚实纯挚，退无后言，至义之所在，必毅然赴之，百折而不挠。

我想，这应该是给克什克腾的穆隆嘎先生一幅很精确的文字素描。

二〇一五年，内蒙古自治区赤峰市（前称昭乌达盟）克什克腾旗蒙古族小学（又名经棚蒙古族小学），在经棚现校址所在地，举行了创校百年的庆祝大会。

这所如今规模宏大的学校，前身就是萃英小学。

我应邀前往参加庆典。会中有记者前来采访，问我是不是觉得很感动，很欣慰？

是的，我说，很感动，很欣慰。

我没说谎。

可是，就在回答的当下，在和煦的阳光里，在孩童们天真活泼的欢声笑语中，我忽然想起了"退无后言"这四个字，心中不由得涌出一种极为悲伤的疼惜，谁人能了解我的外祖父晚年的沉默无语？

真的是要等待到百年之后了，历经沧桑，最少最少还留存了一所小学，可以稍稍向故乡显示出他无私的胸怀，以及，极为纯净的理想。

一个时代的先行者，不会永远孤独。有时光在为他做证，百年之后，真相如水落石出。

在克什克腾广袤无边的草原之上，听，有人在轻声吟唱：

> 谁来拂去这战袍上的雪花
> 你看　在不远的前方等待着的
> 不就是　我们梦里的家……

慕蓉　敬笔于二〇一七年四月

注：

外祖父的蒙文名汉译原为"穆隆嘎"，在现今的内蒙古，则译为"慕容嘎"。而族姓则为"乐路希勒"。因此汉名遂以"乐"为姓，其读音如"要"。

据克旗的额尔登木图先生告知，在成为大中军一分子之前，"乐路希勒"曾是一极为古老的部族。

外祖父最后一张相片。外婆说是在旅途中有需要匆匆照的，想不到竟是最后一张了。约在 1943 年左右。(可能在西安)

安答

二○○五年十一月三十日　淡水

为了敏隆讲堂的六场演讲，我断断续续地准备了好几个月。（还是说已经准备了十几年，或者，更可说是整整的大半生？）

今天晚上在做最后一次检查的时候，发现我漏掉了关于内蒙古被南京的国民政府设省置县的确切日期，于是翻开那套《蒙古民族通史》第五卷上册来查寻。想不到（其实也并不意外）又一次看见了外祖父和二伯父的名字，频频出现在内蒙古的近代史上。那是一个什么样的时代？多少的蒙古知识分子不甘被欺骗，纷纷站出来呼求内蒙古的"高度自治"。在一九三三年的宣言之中，就曾经沉痛地指出：

> 始而移民屯垦，继而设省置县，其所为救国之策，实我蒙古致命之伤。

父亲，在比当年晚约十载，于抗日战争胜利之后，在南京，也和朋友们发起并且组织了一个名为"安答"的团体，在蒙文里"安答"是兄弟、盟友、结盟等更深之意。这个组织并不公开，然而加入的都是年轻的蒙古知识分子，积极在国民政府与外国友邦之间寻求对内蒙古自治的支持。

不过，当然，一切的盼望最后都落空了。

今天，今天是父亲逝世的第七周年。

父亲逝于一九九八年十一月三十日。

从边缘再退到更远的边缘，父亲的后半生选择到遥远的欧洲去教蒙古语文，最后以八十八岁的高龄逝世于靠近莱茵河边的一间医院，终生未能回归高原故土。

那个曾经何等期盼过的热血青年，所有的豪情壮志被现实一一击败。历史的书写从来不会由弱势的族群来执笔，真相也因而逐一泯灭。

在灯下注视着眼前堆满了杂乱资料的书桌桌面，我不禁自问：我这是在做什么？

父母已逝，书中所有的长辈也都早已不在人世，此刻，我努力想要从历史里找回来的，究竟是些什么呢？

二〇〇六年二月五日　淡水

一早就被电话叫醒，原来是住在洛杉矶的罗柏森先生打来的。

罗柏森先生是察哈尔盟的同乡，尊称我父亲为叔叔，因此，尽管他年龄比我大了许多，还是要称他为大哥。

我们几近有十年未通音讯了。

罗大哥说，他们夫妻刚刚才看到了朋友带去美国的录影带，里面有我参加二〇〇二年内蒙古电视台春节晚会的节目，听到年轻的阿拉善诗人恩克哈达朗诵我写的那首歌《父亲的草原母亲的河》蒙文翻译的歌词。因而想起了我的双亲，想起了家乡，两人都落泪了。

罗大哥说，他今年已经八十七岁，妻子健在，儿女也都住在附近，不能不承认自己是个幸福的老人。只是，想起年轻时的热血情怀，那对蒙古的期待与努力，有时还是会觉得怅然若失。罗大哥说：

你一定要为你的父亲写传，在那个年代，你父亲做了许多事，你一定要把它写出来。

他又说：

你父亲是"安答"这个组织的发起人之一，先在一九四六年左右在南京成立，然后到北京来吸收内蒙古知识分子的参与。我是在二十多岁时在北京加入的，希望能为内蒙古的自治运动尽些力量，可惜，我们什么也没有做到……

是的，我知道一些关于"安答"（有人将它译为"蒙古青年联盟"）这个团体的事，但是，也仅只是一些些而已，要用来为父亲写传，却是绝对不够的。

罗大哥又再对我说了些鼓励的言语，约好下次再谈，就挂了电话。

我却东想西想地过了一天。

二〇〇六年二月六日　淡水

公元两千年，我第一次进入阿拉善，一直要到了去年，二
〇〇五年十月，我才真正见到了腾格里沙漠。

如今，沙漠中有些景点，已经成为设施完备到近乎豪华的
旅游胜地了，初见之时，我也全心全意为沙漠的美丽奇幻而欢
呼赞叹。但是，当暮色袭来，当许多游客都已进入旅馆房间中
点起灯关上窗，周遭逐渐变得灰暗和沉静，我一个人站在木头
筑成的花廊下，柔细已极的沙粒随着阵阵微风扑上我的脸、我
的发，以及我衣领间的空隙而拂之不去之时，我才忽然警醒，
这里就是腾格里沙漠，如果往更深处走去，可以重新构筑起那
历史上的现场吗？

然而，历史中的人物都已逝去，我，这个在一九四九年那
时还是个一无所知的孩童，在此时此刻，所能凭借的，除了记
忆里从长辈口中听到的一些断断续续的谈话，和眼前搜集到的
史册中一些或真或假的记载之外，还能有什么？

还能有什么？

我想，我所能拥有的，应该就仅是手中的这一支笔，以及
胸怀里那种强烈的"不甘心"了吧？

"不信青春唤不回，不容青史尽成灰。"这是于右任先生的
诗句，如此贴切又如此精准！

我在一九八七年左右，还没踏上蒙古高原之时，就曾经写

过一篇散文《腾格里沙漠》，在最后，我是这样结束的：

> 我们的英雄其实还在，在他族人的心里，在草原上每一次静静传述的史实之中。
>
> 在每一个蒙古人横越、听见或者想起腾格里沙漠的时候，他们都会记起当年的故事；在每一处闪着金光的沙丘上，在每一阵风沙的呼啸声中，在那浩瀚如天的大漠里，到处依旧还在传呼着一个名字。
>
> 我的朋友，当真实的世界无论如何都不肯给我们一段精彩情节的时候，我想，我们也只有在自己的心里努力去整理、删节与润饰它了吧。
>
> 我的朋友，在所有的神话与传说之中隐藏着的，不也就都是我们这些凡人心里固执的渴望吗？

二○○六年十月十五日　淡水

早上打电话给美国的罗柏森大哥，原来他早已收到我寄去的两本书了。（一本是二○○六上半年的日记，一本是上海出版的《席慕蓉和她的内蒙古》）。

他曾经打电话给海北说收到书，但是海北忘了转告我。（这已是我们家的常事，我有时替他接电话也会忘记转告。所以，我们夫妻二人早有约定，任何因"记忆力"所造成的困扰或损失，都不得追究。）

罗柏森大哥很鼓励我，大嫂赛春阿，却在电话里说，我不应该叫她大嫂，应该称她为姐姐，称罗柏森大哥为姐夫才对，因为我们两家才是真正的世交。

我赶快遵命改了称呼。

罗柏森姐夫则继续和我说了许多事，我问他怎么会记得那么清楚？

他回答我说：

"因为，他是一位不能忘记的人。"

然后，在电话那端，八十七岁的他就哽咽住了，久久说不出话来。

还是当年的热血男儿啊！

在电话这端，我的泪水也静静流下。

阿拉善的定远营，我其实在公元两千年以及二○○五年都到过了，但是当时的我，踏足于其上，竟浑然不知这里就是内蒙古近代史里的伤心地。

也就是在父亲过世的前两年，我才听父亲说起，当年（一九四九年的秋天），把我们一家大小都在香港安顿妥当之后，他其实曾经只身再回到大陆。但是，从香港飞广州、北京，再到了兰州之后，局势已经大乱，再没有飞机飞到银川了。父亲一人坐困愁城，在蔓延的战火中只好重新回到香港。

父亲是在一九九八年十一月三十日过世的，享年八十八岁。他告诉我这件事的时候，应该是在一九九六年，也就是他八十六岁的时候，离一九四九年已经有四十多年了，但是，回首当年，父亲依然语带哽咽。

想必，这曾经是他心中永远的痛吧。

而在父亲身边静静聆听的我，当时表面上虽然不动声色，心里却暗自震惊，如果，如果当年父亲终于回不来了呢？那我们这一家的命运又会如何？

二〇〇六年十一月三十日　淡水

早上接到赛春阿姐姐从美国打来的电话，叮嘱我和海北要多多保重身体。

我也和罗柏森姐夫在电话里又谈了一些旧事。其实，上次通话里，我就问过他，也赶着记了一些笔记，但是，因为记得有点乱，不敢确定，今天赶快再来和他确认一下。

在《席慕蓉和她的内蒙古》那本由上海文艺出版社出版的新书中，在第二百九十七页的左上角，我放了一张一九四七年父亲和两位友人的合照。我知道在父亲右手边的就是宫木札布先生，他就是赛春阿姐姐的亲兄长，也是美国印第安纳大学著名的蒙古学教授（一九八九年于访问蒙古国时逝世，享年六十八岁）。但是，因为我不认得站在他们两人后面的那位先生，所以就在图说文字里以"父亲与友人合影"的一句含糊带过。

在向赛春阿姐姐致歉之时，我也向罗柏森姐夫询问，相片上那一位我不认得的人是谁？姐夫回答我说：

> 他的蒙古名字是罗布森诺日布，汉文名字是赵宝刚，当年逃到乌兰巴托，最后被杀了。

父亲与世交宫木札布教授（左前方）及好友罗布
森诺日布先生（后方）合影

1947 年

我心中不禁一惊。

三位热血青年，三种不一样的命运。

父亲的遗物中，文件和相片都分门别类地摆放得极有秩序，我几乎全部用航空包裹运回台北，准备慢慢整理。他的许多文件与资料就摆放在我书桌旁边的一个小柜子里，这张相片，就是为了出书的需要而特别取出来的。

父亲把它保存得很好，后面还用铅笔轻轻写出"一九四七"这个年代。

宫木札布先生在多年后曾经到德国与父亲相见，他们两人在慕尼黑的合照也都在父亲的收藏里。可是，却遍寻不见另外一位的踪影，原来，罗布森诺日布先生在拍了这张相片的两三年后，就遇害被杀了。

一张相片，三位热血青年，在一九四七年北京的一个照相馆里拍下这张相片的时候，如何能料想到他们前面将会是什么样的遭逢？

而今天，对我来说，是个特别的日子，十一月三十日，是父亲逝世八周年的纪念日。

《二〇〇六/席慕蓉》后记

我所知的　并非

我这一生所能尽言……

是的，因为有些线索只是零散、紊乱以及自相矛盾的碎片。

二〇〇二年六月，在朋友的带引之下，我再一次前往母亲的家乡，在见识到原该是外曾祖父故园领地那浩瀚辽阔的同时，我忽然明白了我的外祖母和我的父母一直不怎么愿意重提旧事的心情了。

年幼时，在香港，长辈之间偶尔还会互相说起一些，却从不对我们多做解释。那些人名与地名我都只记得字音，仿佛是个在远处旁听的局外人。

唯一的一次，以我为对象的叙述，也只是为了鼓励我在面对困难的时候别轻言放弃，外祖母曾经淡淡地说起庄园三次被毁，又三次重建的往事。

后来，从文字资料中，了解了一些关于这个家族的历史，我曾经极为讶异，那是家产三次被查抄，两度被焚毁的翻天覆地的灾劫，时间从清末一直延续到北伐到抗日，敌人是从北洋军阀到国民党的部队到日本的伪政权，可是，为什么，我的外祖母在重述之时，却只是用几句话轻轻带过而已？

为什么？

那时的我，一直不能了解长辈的"不愿回顾"。是要到了这几年，一次次的寻访原乡之后，才逐渐明白他们失去的究竟是些什么。

不仅仅是自己的美好家园与黄金岁月而已，在那个流离颠沛的时代里，他们所失去的最珍贵的东西，应该就是生命本身对于"秩序"和"价值"的信心了吧？

是的，所谓紊乱，并不是从我这里开始的。从我母亲，从我外祖母的记忆里，有些什么更美好的质素早已瓦解，成为零散、紊乱以及极为矛盾的碎片了。

那个在我童稚时以为自己所拥有的甜蜜家庭，其实只是借着长辈的勉强支撑才得以暂时栖身的小小浮木，漂浮在一处遍体鳞伤的时空之中。

所以，对于我的外祖母和我的父母来说，没有什么是比"细细回顾"更为疼痛和绝望的事了。最好的活下去的方法，是让线索就此中断，也许眼前的日子就会变得比较简单和比较轻松了吧？

只是，在那个时候，没有任何人会料想到，这些中断了的线索，并不仅仅是一个家族的记忆而已，它还包含着很多难以具体说明，但又确实是更悠长更深远的时空的连接。

是的，我们每个人都是单一的生命，渺小而又短促，然而即使是如此渺小而又短促的存在，也不能和包裹着他的周围那样巨大的时空分隔开来。

一代或两代的离散，如今就终于成为我们这一代人的永远的欠缺了。

是永远的欠缺啊！

所以，在我心里，有一部分的感觉和张复所说的完全相同。他在那篇《在西安》的作品里，最后一段是这样写的：

> 我每天花很长的时间写下还记得的事情。我知道我只是为自己而写。我的一生在无休无止的过渡时期走过，我不代表任何人，没有立场为任何人说话。我知道，有一天，我的周遭都安顿下来的时候，我已经不在那儿了，所有我这一代的人都已经不在那儿了。

是的，我也是每天花很长的时间在写下还记得的事情。我也知道，我只是为自己而写。

但是，由于近十几年来，得以踏上蒙古高原故土，得以亲炙那古老的文化，靠近我血缘里的族群，写着写着，我有些感觉却和张复的不大一样了。

我虽然也不能代表任何人，也没有立场为任何人说话，可是，却找到了自己的位置。

一个单一、渺小而又短促的存在，在时空的坐标间，终于找到了自己的位置。

要感谢许多位在这条回溯的长路上带引我的朋友，有的朋友给我讲述鲜卑、契丹与蒙古的历史，有的朋友让我接触萨满教的信仰、赞歌以及口传的经典，更有朋友直接带我去考古发掘的现场，亲睹那无言却再真实不过的文化见证。要感谢他们，让我可以从其中把一些被中断了的线索重新连接起来……

当然，我还要感谢这从年少时就养成的书写的习惯。

前两天，海北的大姐河北，在翻阅了我那本厚厚的摄影集《席慕蓉和她的内蒙古》（上海文艺出版社，二〇〇六）之后，给了我这样一段评语：

"你是借着这本书在做'整理'的功课，这些依着目录排列的秩序，正是你自己生命的秩序。好像是要到了这个时候，你才能知道，生命里的哪一个阶段该放在什么地方，占多少分量，就如同你决定每一张相片、每一段文字该放在哪一页，并且占多少篇幅一样。"

是的，就是这样。

原来，我的"书写"，无论是以何种形式呈现，无论是以文字、绘画，或者是这十几年来在蒙古高原行走时所匆匆摄下的影像，其实都是累积起来的心得记录，也都是为了要"整理自己"所做的功课。

这整整一年的日记，应该也是。

我的意思是说，在开始的时候，我并没有存心要这么做。然而，在整整一年都过去了以后，在整整大半生也都过去了以后，我才明白，我所做的一切努力，包括"行走"，包括"书写"，都只是为了整理自己，为了这个在生活里觉得知足，而在生命里却又觉得时时有所欠缺的自己。

好像只有经过这样的整理，才能找回些许信心，找回那原本是理所当然的，每一个人都应该拥有的对于"秩序"和"价值"

的信心。

此刻，对于我来说，生命终于不再是一种无休无止的过渡了。

在我心中，流动着淡淡的愉悦与安宁。是的，我何其幸运，借着所有带引我前行的长辈和朋友的帮助，借着这持续不断的书写，我终于碰触到了那原该是属于我的位置，属于我的一处交会点，在茫茫人世，在悠长而又深远的时空坐标之间……

——二〇〇七年初春写于淡水乡居

前篇与后续

那时候，风依着草浪
微微掀动了先祖们 土地一般广袤的记忆
——摘自陈克华诗《写给族人》，二〇〇四年三月

之一 海马回

诗人的诗句究竟来自何方？竟然洞见那命运最幽微之处。

一九八九年八月下旬出发，长途跋涉之后，终于抵达了此行的第一站，内蒙古锡林郭勒盟南端的草原，也就是我父亲的故乡。

初见原乡的震撼，于我有如谜题，因此已经书写过好几次。此刻再来重述，是因为有幸添了新知，多年的困惑应该算是解开了。

那天，我们的吉普车攀爬到海拔大约有一千多公尺的高度时，草原就突然出现在我的眼前，并且无边无际地铺展开来。

车子向前疾驰，很快我就被草原整个环绕起来了，周围的圆形大地宛如一片辽阔的海洋，起伏的丘陵像是海面上缓缓的波浪，在这终于抵达的兴奋时刻，有一种难以形容的错愕感却也同时出现了；我整个人从心魂的最深处到身体最表面的发根与肌肤都在同时传过一阵战栗，仿佛是生命自己正在发出激烈

的回响，让我在行驶的车中只会不断惊呼："我好像来过！我来过啊！"

是的，明明应该是此生初见，为什么却如此熟悉如此亲切？眼前的一切似曾相识，那心底的痛楚与甘美，恍如是与魂牵梦系的故人重新相遇。

为什么会有这样的反应？

其实，我的经验还不只如此。

那一年的夏天之后，我开始在原乡各地不断行走，每每在旷野深处，会遇见那些侥幸没有受到污染与毁坏，平日难得一见的美景。在那个时候，我总是万分贪婪地久久凝视，怎么也不舍得离开。觉得这些美景就是清澈的泉水，注入我等待已久濒临龟裂的灵魂，解我那焦灼的干渴。

为什么会有这样的反应？

时光飞逝，在这二十多年的行走中，我给自己找过许多种解释，当然，都只是以一种猜测的方式。就像我在《写给海日汗的二十一封信》这本书中，在《生命的盛宴》这封信里，我就问了一个问题：

> 有没有可能，在我们的身体里，有一处"近乎实质与记忆之间的故乡"在跟随着我们存活？

这本书出版的时间是二〇一三年九月。没想到，答案竟然很快就出现了！

二〇一四年十月六日，诺贝尔奖委员会公布了这一届医学奖，由三位主攻脑神经科学的学者共同获得，他们因为"发现构成大脑定位系统的细胞"而获此殊荣。他们分别是早在一九七一年就发现了海马回中的位置细胞（Place Cells）的约翰·欧基夫教授，以及曾在一九九五年前往欧基夫教授实验室里做过博士后研究的一对夫妻，梅－布瑞特·穆瑟和她的夫婿爱德华·穆瑟，他们两人在二〇〇五年发现了海马回里的网格细胞（Grid Cells）。

我在此引用台湾联合报社在十月七日刊载的新闻资料，编译冯克芸的综合报道："评审委员会说，三位科学家的发现解答了哲学家数百年来的疑惑，让世人了解哪些特定的细胞共同运作，执行复杂的认知工作，让我们知道自己置身何处、找到方位、为下一次重回旧地储存资讯。"

答案原来在这里！

我很早就知道并且记住了"海马回"这个名字，因为这三个字又有画面又饱含诗意。更因为当年那位朋友很慎重地告诉我，它在大脑里主管记忆。

现在又知道了它也掌管空间认知。

多年的谜题应该算是解开了。

如果说人类的尾椎骨是演化过程中所留下的痕迹，以此可确认我们是从什么样的动物逐渐演化而成的。那么，在我脑中的这个海马回，想必也还留存着那在久远的时光里，我的祖先们世代累积着的空间记忆。这些记忆如此古老，却又如此坚持，因而使得我在一九八九年的那个夏天不得不面对了一场认知的震撼。

第一次置身于草原之上，于我当然是初见原乡，可是，大脑深处的海马回却坚持这是生命本身的重临旧地。

在这里，我不是要附会什么"前世今生"的说法，对此，我没有这种感悟。我的重点，反而是庆幸终于找到了在生理学上可以支持的证据，证明我们一直错认了"乡愁"。

是的，我们总以为乡愁只是一种情绪，一种心理上的感性反应，其实不然。如今，终于有科学研究可以证明，或许，它与生理上的结构牵连更深。

果然，我是参与了一场连自己也不知晓的实验。作为实验品，我的入选资格，只是因为我的命运。一个自小出生在外地的蒙古人，远离族群，要到了大半生的岁月都已过去之后，才得到了来一探原乡的机会。这实验本身没有什么严格的规范，就像一粒小石头，被随意丢进大海里那样，在浮沉之间，完全是凭着自己的身体发肤上直觉的反应，凭着心魂里那没有料到的坚持，凭着自我不断的反省与诘问，竟然让我感知到了一些线索，让这一场长期的实验终于有了意义。

当然，若是没有科学家的加持，一切仍然只能是个人的"臆测"而已。

多么感谢这三位学者以及他们背后的研究团队所付出的努力，让我的臆测成真。原来，在我们的身体里面，真的有一处"近乎实质与记忆之间的故乡"在跟随着我们存活。

这生命深处的奥秘，如此古老，如此坚定，如此温暖，如此美好。

而超乎这一切之上，已经有诗句在远远地等待着我了。那个夏天，当我第一次站在父亲的草原中央，"那时候，风依着草浪，微微掀动了先祖们，土地一般广袤的记忆……"

之二　辗转的陈述

一九九二年五月下旬，蒙藏委员会在台北的政治大学校区，举行了一场"蒙古文化国际学术研讨会"。在会中，哈勘楚伦教授以《蒙古马与马文化》为题，发表了一篇论文。

在谈到蒙古马特别强烈的方向感，以及眷恋故土的优异性向之时，他举了一个真实的例子，让我非常感动，会后不久就写了一篇散文《胡马依北风》。四年之后，又在一篇范围比较大的散文里加进了这匹马的故事作为其中的一段。

现在，我想摘录上面两篇散文里的不同段落，重新组合成我今天要先叙述的"前篇"：

这则真"马"真事，发生在六〇年代中期的蒙古国（那时还叫做"蒙古人民共和国"）。当时的政府送了几匹马给南方的友邦越南政府作为礼物。

这几匹马是用专人专车护送到了目的地。可是，第二天早上，发现其中的一匹骟马不见了，在附近搜寻了一阵也毫无所获，只好向上级报告。幸好赠礼仪式已经举行完毕，也就没有再深加追究了。

半年之后，一匹又瘦又脏，蹄子上还带着许多旧伤新痕的野马，来到了乌兰巴托城郊之外的牧场上。牧场主人一早起来，就看到它在远远的草地上站着，心想这到底是谁家走失了的马，在那里踟蹰流连……

想不到，靠近了之后，才发现这匹马竟然在对着他流泪，大滴大滴的热泪不断滚落下来。虽然是又瘦又脏，不过，一个蒙古牧马人是绝对会认出自己的马来的。

惊诧激动的主人，在想明白了之后，更是忍不住抱着它放声大哭了。

想一想，这是多么令人心疼的马儿啊！

想一想，它要走过多远的路？要经过多少道关卡？不但要渡过长江，渡过黄河，还有那大大小小许多数不清的河道支流；不但要翻越一座又一座的高山峻岭，还要在连绵起伏的丘陵间辨识方向；不但要经过江南阡陌纵横的水田，还要独自跋涉荒寒的戈壁；还有，最最不可思议的是，它要如何躲过人类的好奇与贪欲？

在它经过的这条不知有几千几万里的长路上，难道从来没遇到过任何的村镇和城市？难道从来没有人拦阻或是捕捉过它吗？

不可思议，它是怎么走回来的？半年的时间里，在这条长路上，这匹马受过多少磨难？它是怎么坚持下来的？

惊喜稍定，主人开始大宴宾客，向众人展示这刚从天涯归来的游子。并且郑重宣布，从此以后，这匹马永远不会离开家园，离开主人的身边，再也不须工作，任何人都不可以骑乘它，更不可让它受一丁点儿的委屈。

据说，这匹马又活了许多年，才在家乡的草原上老病而逝，想它的灵魂一定能够快乐地安息了吧。

故事到了这里，算是有了个完美的结局。可是，不知道为什么，我反而会常常想起另外的那几匹留在越南的马儿来。在会后，我再去追问了哈勘楚伦教授，到底是什么在引导着蒙古马往家乡的方向走去？他回答我说：

"我也不知道。不过，我总觉得应该是一种北方的气息从风里带过来的吧？"

也许是这样。

就像古诗里的"胡马依北风，越鸟巢南枝"。每个生命，都有他不同的选择与不同的向往，有连他自己也无从解释和抗拒的乡愁。

因此，我就会常常想起那几匹羁留在越南的蒙古马来，当它们年复一年在冬季迎着北风寻索着一种模糊的讯息时，心里会有怎样的怅惘和悲伤呢？

以上是我的"前篇"，从一九九二与一九九六两个年份里的两篇散文摘录而成的。

是的，时间已经过去很多年了，我从小唤他叔叔，向他问过很多问题的哈勘楚伦教授也已经逝去。可是，二十多年前的那一天，他用"风中带来的气息"作为回答时那微带歉意的笑容好像还在我眼前。

是的，生命的奥秘是难以解释的。我想，他心中真正的回答应该就是这个意思吧？

今天的我，要写的"后续"，也并非找到了答案，我只是在陈述事实而已。

我是从一九九三年夏天就认识了恩和教授的，他是内蒙古大学蒙古学学院的教授，这两年，我常常有机会向他请益。

二〇一四年秋天，我去呼和浩特的内蒙古博物院演讲，然后和两位朋友一起去拜访他。他给我们讲述游牧文化的历史以及他在草原生活里的亲身感受，我们三个听得都入迷了。

在这之间，他也谈及蒙古马的特殊禀赋，还举了一个例子，他说：

> 我是从一本书里读到的。一九九八年出版的《蒙古的游牧人》，作者是特木尔札布先生，他是蒙古国的畜牧学家，也是科学院的院士。
>
> 在这本书里，他引用了蒙古国一位颇负盛名，有着"人民画家"封号的艺术家，贡布苏荣先生的回忆录中的一段。
>
> 贡布苏荣在一九七一年，曾经应邀去北越南参加了一次会议。那个时代，在共产国家里，常有为社会主义阵营的艺术家召开的例会，每次轮流在一个不同的国家举行，那年是在北越南。
>
> 在会议之前，主办单位邀请各国的代表先去一处海港城市散心。在这个城市的郊区，艺术家们随意徜徉在空旷的草地上，有的就聚在一起闲聊，好增进彼此的认识。
>
> 远远看见一匹白马在吃草，贡布苏荣也没特别在意。
>
> 他和几位艺术家聚成一个小群体，其中有从俄罗斯来的，由于通俄语的缘故，聊得还很热闹。
>
> 但是，聊着聊着，有人就注意到了，那匹白马忽然直直地朝向他们这群人走来，而且，目标似乎是对着贡布苏荣。

再近前一些的时候，贡布苏荣也看清楚了，这是一匹蒙古马。马色虽说是白，却已脏污，失去了光亮，马身可说是骨瘦如柴。

这样的一匹马正对着他落泪。

尽管已经有人过来拦阻，白马还是努力迈步往前，想要靠近贡布苏荣。画家那天穿着一身笔挺的西服，打着领带，是以郑重的心情来参与盛会的。可是，这匹马好像也是下定了决心，非要来见贡布苏荣不可。它的力气超乎寻常地大，众人几次拦阻都挡不住，终于给它走到贡布苏荣面前的时候，白马的眼泪和鼻涕都沾染到画家的衣服上了。

不过，这时候的贡布苏荣完全没有在意，他的心中只有满满的疼惜，对眼前这匹伤心涕泣的蒙古马，除了抚摸和轻拍它的颈背，不知道要怎么安慰它才好。

"你是怎么把我认出来的？你怎么知道，我是从蒙古来的人呢？"

一九九五年，二十四年之后，贡布苏荣在提笔写这一段回忆之时，也是流着热泪追想的。

是多么令人疼惜的一匹好马啊！

那天，恩和教授关于这个例子的讲述就到此为止。我急着向他说出多年前哈勘楚伦教授举出的那一个例子，他告诉我，在六〇年代里，蒙古国支援共产主义的越南，"赠马"这样的行动，应该有过好几次。所以，我并不能知道，这匹白马，是否就是哈勘楚伦教授所说的那几匹马中的一匹。可是，它的出现，却可以让我们明白，当年所有被送到越南，从此羁留在异乡的每一匹蒙古马儿的心情。

从它身上，我们可以看见，一匹蒙古马的大脑里，藏着多么深厚的感情与记忆，能把贡布苏荣从人群之中辨认出来。而这匹白马如此奋力地向贡布苏荣靠近，是希望这个从故乡来的人，或许能带自己回家吗？

贡布苏荣心中的疼痛与歉疚，想是因为他已完全明白了这匹马的悲伤与冀望。可是，在当时的环境里，他是怎么也不可能把这匹马带回蒙古家乡的。

所以，这种疼痛与歉疚始终沉在心底，使他在多年之后也不得不拿起笔来写下这一次的相遇。是的，他没能把白马带回来，可是，他还是可以把这一匹以及其他许多匹流落在异乡的蒙古马的悲伤，传回到它们的故乡。

从六〇年代中期到今天，已是整整的五十年了，无论是那匹回到家的马，还是那些回不了家的，都早已不在人间。可是，在蒙古高原上，它们的故事还一直在被众人辗转陈述，我想，转述者的动机应该只有一种吧，那就是对如此高贵和勇敢的生命怀着极深的疼惜。

此刻，我也以同样的心情和手中的这支笔，进入了这辗转陈述者的行列，成为其中的一人了。

之三　感谢

《写给海日汗的二十一封信》，初版于台湾，是在二〇一三年九月，由合作多年的圆神出版社以精装本发行。现在很高兴能由北京作家出版社出版简体中文版本。

在这里首先要感谢愿意为这本书写序的贺希格陶克陶教授，我们相识是从一九八九年的夏天开始，这一路走来，他给我的启发与引导，是我衷心感激的。

还要感谢许多位好朋友，他们有人是悠游于学术天地之间，有人则是深居旷野，但他们和贺希格陶克陶教授一样，都是以无私的心，以宝贵的言教和身教在给我最好的教育。否则的话，以我这如此薄弱的文化基础，即使有再充沛的热情与能量，在这条重回原乡的长路上，想必也只能蹒跚前行。

二〇一四年九月，带着圆神出版的这本书，我在呼和浩特求见义都合西格老师。九年不见，老师精神依旧健旺，记忆力更是超强，还记得上一次见面的许多细节。并且又送了我好几本新编的书，要我回去慢慢研读。

我试着问他，我应该往哪一个方向再写下去比较好？他笑而不答。开始，我以为或许是老人家听不清楚，就稍微提高了声音再问一次，他依然对着我，笑而不答。

忽然间，我好像明白这沉默所代表的含义了，不禁有点羞愧地也笑了起来。是的，是的，在创作上，只有自己心中的渴望才是那唯一的方向啊！

果然，临别之际，义都合西格老师送我出门，在我转身向他鞠躬致意的时候，站在家门前，他微笑着对我说了这句话：

把心拿出来写就对了。

谢谢老师，我会谨记着这句话。

谢谢上天的厚赐，谢谢这么多位朋友给我的爱护与开导，让我能重新寻回一处无穷无尽的空间，在原乡大地上，让我可以把长久被囚禁着的渴望一一释放。

真诚面对这些渴望，将是我唯一的方向，也唯有如此，我才能得到我那真实而又完整的原乡。

慕蓉　写于二〇一五年新春

巴丹吉林沙漠
2005 年 10 月

陈素英　摄

后
记

「我想写下来，是因为有过这样的人，有过这样的事，有过这样的一段历史。」

尔雅版后记

二〇一〇年一月二十八日下午，第一次跟随着台湾"中央研究院"历史语言研究所的邢义田院士参观他们所里的博物馆。在灯光特意调暗的展示柜角落里，见到一枚孤单又略带残缺的居延汉简，上面只写着五个汉字：

"夜见匈奴人……"

灯光黯淡，时光黯淡，这片窄而小的汉简材质底色也极为黯淡，可是，为什么，那五个黑色的字却清楚得不能再清楚地显现在我眼前，并且就在那瞬间直入我心？

是的，就是在那瞬间，我突然明白了，原来，讯息是这样留下来，然后再这样传递下去的。虽然，我们并不能预知，时光要如何去选择。

今天是二〇一七年的六月二十三日，下午去尔雅出版社看新书的封面。编辑碧君建议我，可以写篇简短的后记，向读者说明一下出版的缘由，我欣然从命。

整本书的发想，是从二〇一四年七月在我母亲家乡内蒙古克什克腾草原上召开的一次国际学术会议开始的。会中我得以见到内蒙古大学的苏德毕力格教授，并且读到他的论文《从慕容嘎的几封信看内蒙古人民革命党的分裂》。这篇论文解开了我多年的困惑——不知如何在隔绝了四十年因而各自书写的历史里找到比较可靠的时空真相，试着为我的外祖父穆隆嘎先生（大陆近代译为慕容嘎）写一篇比较清晰的生平记述。

困惑解除，终于可以开始写了。然后，还想写父亲，写我所知道的他，尤其是在回返原乡的路上和父亲共度的九年黄金时光。于是，日记一本本地翻开、摘录，有时又旁及自己的画与诗。选着选着，就有点像是一册回顾的"日记书"了，而篇幅有限，许多对我极为珍贵的记忆，终于也只能留待后日。

今天晚上，与晓风在电话上闲谈。原本如她往日所言，我们是两个在井旁的女子，趁着工作的闲暇，有一搭没一搭地说几句话而已。可是说着说着，晓风却忽然谈到她近几年在写作时的想法，她觉得有些事物如果再不记下来，恐怕从此就再也没有人知道了。她说：

"我想写下来，是因为有过这样的人，有过这样的事，有过这样的一段历史。"

谢谢晓风，为我代言，作为这本新书《我给记忆命名》最好的解释。

附

录

有了沧桑，不再是父亲的女儿，不再是丈夫的妻子，席慕蓉的文学与绘画，是不是又将要有全新的起点了？

写给穆伦·席连勃

蒋　勋

　　重看了席慕蓉一九八二年以后，一直到最近的散文精选。看到一个颇熟悉的朋友，在长达三十年间，持续认真创作，看到她写作的主题意识与文字力量都在转变。而那转变，同时，也几乎让我看到了台湾战后散文书写风格变化的一个共同的缩影。

　　席慕蓉第一本散文集是《成长的痕迹》，作者对自己那一时间的文学书写，定了一个很切题的名字。席慕蓉写作的初衷，正是大部分来自于自己的成长经验。她在《成长的痕迹》这本集子中很真实也很具体地述说自己成长中的点滴，围绕着父亲、母亲、丈夫、孩子、学生，席慕蓉架构起八〇年代台湾散文书写的一种特殊体例。

　　读到第一篇《我的记忆》，我就停下来想了很久。

　　席慕蓉年长我应该不超过四岁，但是她在《我的记忆》里讲到在战争中的"逃难"经验，我愣了一下，那"逃难"是具体的，有画面的，有细节的。我忽然想起来，我一出生就跟着父母逃难，但是，我的"逃难"没有画面，没有我自己的"记忆"，而是经由父母转述的情节。

席慕蓉在《我的记忆》里这么清晰地描述——

> 　　我想，我是逃过难的。我想，我知道什么叫逃离。在黑夜里来到嘈杂混乱的码头，母亲给每个孩子都穿上太多的衣服，衣服里面写着孩子的名字。再给每个人手上都套一个金戒指。

我在这里没有看到战争的直接书写，但是看到了战争前"逃难"时一家人为离散落难做的准备。

台湾战后散文书写一直持续着这个主题，是"战争移民"离乱到南方以后，安定一阵子，隔着一点安全距离对"逃难"的记忆。

席慕蓉写《我的记忆》是在八〇年代，那个时候，每天早晨，孩子跟父母道别，上班的上班，上学的上学，没有哪一个父母需要把孩子的名字写在衣服里面。

席慕蓉野心不大的散文书写，并不想写战争，甚至也不是写"逃难"，而是在幸福的年代轻轻提醒——我们是幸福的。

我初识席慕蓉是在七〇年代的后期，台湾还没有解严，我刚从法国回来，在《雄狮美术》做编辑，也在大学兼几门课。席慕蓉比我早两年从欧洲回国，结了婚，在大学专任教职，有两个孩子，家庭稳定而幸福。

多年后重读那一时期席慕蓉的作品感触很深，《我的记忆》里写到"母亲"被人嘲笑，因为逃难的时候，还带着"有花边的长窗帘"。别人嘲笑"母亲"——"把那几块没用的窗帘带着跑"。

"谁说没用呢？"席慕蓉反问着——"在流浪的日子结束以后，母亲把窗帘拿出来，洗好，又挂在离家万里的窗户上。在月夜里，微风吹过时，母亲就常常一个人坐在窗前，看那被微风轻轻拂起的花边。"

席慕蓉对"安定""幸福""美"的坚持或固执，一直传递在她最初的写作里。或许，因为一次战争中几乎离散的恐惧还存在于潜意识中，使书写者不断强调着生活里看来平凡却意义深长的温暖与安定，特别是家庭与亲人之间的安定感。

席慕蓉持续写作画画，然而她的文学与艺术创作，不曾干扰搅乱她幸福安定的婚姻与家庭生活。

不是很多创作者能在两者之间找到平衡，也不是很多创作者在现实生活的安定与艺术之间能够做到兼顾两全。

席慕蓉处理创作时的感性自由，与在处理现实生活时的理性态度，有令人羡慕的均衡。尤其做为她的朋友，除了感觉到她在创作领域任由情感肆无忌惮地驰骋奔泻之外，却也捏一把冷汗，常常庆幸那驰骋奔泻可以适当地在现实生活里不逾越规矩。

喜爱席慕蓉散文和诗的书写的读者，应该读得出她在文字间流露的兼具感性与理性的聪敏智慧。

在精选集收录自《有一首歌》的散文里席慕蓉这样分析自己——

到底哪一个我才是真正的我呢？

是那个快快乐乐地做着妻子，做着母亲的妇人吗？

是那个在暮色里，手抱着一束百合，曾无端地泪落如雨的妇人吗？

是那个谨谨慎慎地做着学生，做着老师的女子呢？

还是那一个独自骑着单车，在迂回的山路上，微笑地追着月亮走的女子呢？

席慕蓉一连串地自我询问，似乎并没有一个确切的答案。事实上，她的"谨谨慎慎"，似乎是为了守护一整个世代在战争离乱后难得的安定幸福吧，而那"谨谨慎慎"对生活安定的期盼也一点不违反她内心底层对自由、奔驰、狂放热烈梦想的追求。

多年前，有一次席慕蓉开车带我和心岱夜晚从高雄县横越南横到台东，车子在曲折山路里飞驰，转弯处毫不减速，幽暗里看到星空、原野、大海，闻到风里吹来树木浓郁的香，一样还要大叫大嚷，惊叹连连，也一样毫不减速。

我坐在驾驶座旁，侧面看着席慕蓉，好像看着一个好朋友背叛着平日的"谨谨慎慎"的那个自己，背叛着那个安定幸福的"妻子"与"母亲"的角色。我好像看到席慕蓉画了一张结构工整技法严谨的油画（她正规美术学院出身的科班技巧，总使我又羡慕又忌妒，她创作上的认真，也一直使我又尊敬又害怕），但是，她忽然不满意了，把一张可能受众人赞美的画作突然都涂抹去了，狂乱不羁地大笔触挥洒下，隐隐约约还透露着细致委婉的底蕴心事。我想象她坐在画前，又想哭又想笑，拿自己没办法。

我喜欢那时候的席慕蓉，又哭又笑，害怕失去安定幸福，又知道自己自由了，像她在南横山路上的狂飙，像她在大地苍宇间全心的惊叹呼叫，看到一个在安定幸福时刻不容易看到的席慕蓉，看到一个或许在更长久基因里就一直在传承的游牧种族的记忆，奔放，自由，豪迈，辽阔，激情——

我忽然看着车速毫不减缓的席慕蓉说："你真的是蒙古人唉——"

席慕蓉前期的散文书写里提到的"蒙古"并不多，《飘蓬》应该是比较重要的一篇。读者隐约感觉到席慕蓉应该有另一个名字——穆伦·席连勃。我有一次央求席慕蓉用蒙古语发音给我听。"慕蓉"听起来像一条在千里草原上缓缓流着的宽阔"大河"。我很高兴我的朋友有一个叫"大河"的名字，她，当然是不应该永远是"谨谨慎慎"的。

这一本散文精选，分为三辑，第一辑结束在《写给幸福》《写生者》。已经到了接近九〇年代前后，台湾从戒严走向解严是在一九八八年。公教人员的解严是一九八九年八月一日，席慕蓉在这一年八月底前就到了蒙古高原。

九〇年代以后，台湾解严了，一般人容易看到初初解严后社会被放大的失序、混乱、嘈杂，甚至因此怀念起戒严时代的"谨慎""安定"。

但是，从文学书写来看，九〇以后的议题显然多起来了，议题多，绝不是"失序"，绝不是"嘈杂"，而是一种"自由"的开始。

九〇年代，台湾的创作者和读者，一起开始经验从刚刚由"威权"控制的"秩序"里解放出来的"自由"，享受那种忍不住的"自由"的快乐与狂喜。

"自由"的初期总是要有一点放肆任性的，每一个人都争相发言，用来挣脱捆绑太久的束缚感，用来表达自己，用来让别人聆听自己、理解自己。

收在这本集子里"辑二"的作品，都是席慕蓉创作于九〇年代解严以后的散文。

席慕蓉书写自己家族历史，寻找自己血缘基因的作品多起来了。从书名来看，《我的家在高原上》《江山有待》《黄羊·玫瑰·飞鱼》《大雁之歌》《金色的马鞍》《诺恩吉雅》，那深藏在席慕蓉血液里的蒙古基因显露了出来。她一次一次去蒙古，她不断向朋友讲述蒙古，她书写蒙古，要朋友跟她一起去蒙古，一九九一年十六名朋友跟她去乌兰巴托参加了蒙古国的国庆。

或许我们很少细想，台湾解严以前，是不会有"蒙古国"的，我们也不可能去参加"蒙古国"的"国庆"。

文学书写里的个人和她所属的社会一起经历着思想心灵上的"解严"。

在那个时期，席慕蓉一说起蒙古就要哭，像许多人一样激动，迫不及待，要讲述自己，讲述别人不知道的自己。

有一次跟席慕蓉去苗栗一家做客，主人热情好客，亲自下厨做菜，拿出好酒，酒喝多了，私下偷偷问说："席慕蓉为什么老说蒙古？"

我笑了笑，看着这个从早到晚把"爱台湾"挂在口边的朋

1999 年 9 月,从台湾带着一条纯白色的哈
达回到草原,敬献于家族的敖包山上,祈
求腾格里天神护佑双亲魂归故里。

白龙 摄

友说："你老兄不是也老是说台湾吗？"

喝多了酒，这"老兄"忽然眼眶一红，就哭了起来。

我喜欢台湾的九〇年代，我珍惜台湾九〇年代的文学书写，我珍惜每一个人一次天真又激动的自我讲述。每一个人都开始讲自己，因此，每一个人也才有机会学习聆听他人。台湾九〇年代的散文书写记录着解严以后的真实历史。

收在精选集"辑二"中的几篇作品相对于"辑一"，篇幅都比较长。很显然，席慕蓉的散文书写，到了九〇年代之后，由于对历史时间纵深与地理空间的开展，她前期来自于个人成长单纯生活经验的感触，必须扩大，可以容纳更具思想性与资料性的论述，她在"辑一"里比较纯粹个人感性的散文文体风格，也一变而加入了时代深沉感喟的论辩。

对于熟悉席慕蓉前期文体唯美风格的读者，未尝不也是一种新的挑战。

创作者，读者，都在与整个时代对话，一起见证九〇年代台湾解严以后的新文学书写的变化。

《今夕何夕》《风里的哈达》都是席慕蓉第一次回蒙古寻根之后的心事书写，那是一九八九年，解严后的第一年，许多人踏上四十年不能谈论、假装不存在，无从论述的土地，许多人开始回去，亲自站在那土地上，重新思考"故乡"的意义。台湾的散文书写摆脱了假想"乡愁"的梦魇回忆。

《今夕何夕》只是在找一个"家"，一个父亲口中的"家"，父亲不愿意再回去看一眼的"家"，席慕蓉回去了，到了"家"的现场，然而"家"已经是一片废墟。

就是那里，曾经有过千匹良驹，曾经有过无数洁白乖驯的羊群，曾经有过许多生龙活虎般的骑士在草原上奔驰，曾经有过不熄的理想，曾经有过极痛的牺牲，曾经因此而在蒙古近代史里留下了名字的那个家族啊！

就在那里，已成废墟。

以前读到这一段，我就在想，席慕蓉原有散文的篇幅大概已经不够容纳这么复杂的家族故事了。

在席慕蓉对安定幸福生活的梦想中，有一段时间，她也许不知道，也许不想清楚知道，为什么父亲要长年在德国大学教授蒙古历史文化，不愿意回故乡，也不愿意回台湾。

席慕蓉的母亲是中华民国第一届国民大会蒙古察哈尔盟八旗群的代表，母亲一九八七年去世，在散文书写里席慕蓉要晚到二○○四年才透露了母亲受到情治[1]单位"监视"的事，收在"辑三"的第一篇《记忆广场》里写到一个家庭多年好友在母亲去世后说出如下的话："其实我当初接近你的妈妈，是有任务的，你们在香港住了那么多年才搬到台湾来，我必须负责汇报她的一切行动。"

进入二○○○年前后，彻底的思想解严，台湾的散文书写里大量出现自己家族或自身的经验回忆。在这一方面，相对来说，席慕蓉却仍然写得不很多。她的父亲母亲的故事，牵连着蒙古近代在几个政治强权之间求族群存活的血泪历史，牵连着国共

[1] 即情报。

两党的斗争，也牵连着中国、俄国、日本或更多列强的利益斗争。

席慕蓉矛盾着，她站立在蒙古草原上，嗅闻着广大草原包围着她的清香，或在暗夜里仰望满天繁星，泪如雨下，她相信那是父亲母亲少年时都仰望过的同样的星空。

然而，她写了篇幅巨大的《嘎仙洞》，追溯到公元四四三年三月一日北魏鲜卑王朝拓跋太武帝的历史，席慕蓉引证史书，参考当代学者的考古报告，亲自到现场勘查，似乎要为一个湮没无闻的被遗忘的族群曾经存在过的强盛做见证。

那曾经是辉煌的历史，但那确实已是废墟。

我更喜欢的可能是"辑二"里的《丹僧叔叔——一个喀尔玛克蒙古人的一生》，席慕蓉用近于口述历史的方式，记录了家族长辈丹僧叔叔的一生，牵连到新疆北部一支蒙古族群从十七世纪以后迁徙流离的故事，牵连到近代"二战"中这一支蒙古族在中国、俄罗斯、德国纳粹之间求夹缝生存的悲辛历史，他们十几万人东飘西荡，只是要找一个"家"，为了找一个"家"，十几万人死亡流散超过一半。

席慕蓉的散文书写有了更广大的格局，有了更深刻的视野，但是，我相信她仍然是矛盾的，或许她仍然愿意是那个对一切美好怀抱梦想、隔着距离、单纯向往美丽草原的过去的自己，但是，显然书写创作使她一往直前，再也无法回头了。

《异乡的河流》写父亲的一九九八年十一月三十日的逝世，写跟父亲相处的回忆，写父亲的一生，写得如此安静——

追悼仪式中，父亲的同事，波昂大学中亚研究所的韦

尔斯教授站到讲台上，面对大家，开始讲述父亲一生的事
迹之时，我才忽然明白，我一直都在用一个女儿的眼光来
观看生活里的父亲，那范围是何等的狭窄。

我从来没有想过应该也对自己的父亲做一番更深入的
了解——

是的，那个在蒙古自治运动遭遇种种险难的"拉席敦多克
先生"是席慕蓉散文书写里的"父亲"，席慕蓉不像有些书写者
可能更重视历史里的"拉席敦多克"，她毋宁更愿意耽溺在享受
莱茵河畔父女依靠着谈话的美好时光。

她愿望那时光停止，凝固，变成真正的历史——

三十年前，初识席慕蓉，我们都有健在的父母，如今，我
们都失去了父亲母亲，我们也都有了各自的沧桑。

席慕蓉的散文与诗，在华文书写的世界，为许多人喜爱，
带给读者安慰、梦想、幸福的期待。

她的认真、规矩常常使我敬佩，因为是好朋友，我也常常
顽皮地故意调笑她的拘谨工整。

但是她一直在改变，"辑三"里的最后一篇《玛丽亚·索——
与一位使鹿鄂温克女猎人的相遇》，席慕蓉记录了二〇〇七年五
月她在大兴安岭北端探访八十岁鄂温克女猎人的故事，叙述一个
只有两万多人口的鄂温克人，鄂温克人分为三部，而其中，使鹿
鄂温克人又是三个部里人数最少的一支，如今已不到两百人。

席慕蓉看到玛利亚·索，她写道——

山林已遭浩劫，曾经在山林中奔跑飞跃的女猎人，白发已如霜雪，一目已眇，却仍然不肯屈服，寂然端坐在自己的帐篷里，隐隐有一种慑人的气势。

这篇压卷的作品不只是一个女猎人的传奇故事，也在写使"山林浩劫"的现代文明。席慕蓉反复询问着、质问着，一种敬天爱地的传统存活方式，为什么常常被认为与"现代文明"冲突。而巨大国家政策的"封山育林"又将使这些世代狩猎维生的小小族群何去何从？

席慕蓉的散文书写有了更深沉也更现代性的命题。

一本精选集的出版，书写者回头省视自己一路走来，可能忽然发现，原来走了那么久，现在才正要开始。

有了沧桑，不再是父亲的女儿，不再是丈夫的妻子，席慕蓉的文学与绘画，是不是又将要有全新的起点了？

席慕蓉一定知道，说这句话时，我是心里悸动着说的。

我多么希望在自己的书写里永远不要面对沧桑。但是，如果一定要面对，相信这条路上，是有好朋友可以结伴同行的。

——选自陈义芝主编《席慕蓉精选集》

九歌出版社，二〇一〇

著作权合同登记号　图字　01—2018—4275

图书在版编目(CIP)数据

我给记忆命名/席慕蓉著. —北京:人民文学出版社,2018
ISBN 978-7-02-014586-7

Ⅰ.①我… Ⅱ.①席… Ⅲ.①随笔—作品集—中国—当代 Ⅳ.①I267.1

中国版本图书馆CIP数据核字(2018)第205399号

责任编辑　赵　萍　薛子俊
装帧设计　李思安
责任印制　徐　冉

出版发行　人民文学出版社
社　　址　北京市朝内大街166号
邮政编码　100705
网　　址　http://www.rw-cn.com

印　　刷　北京盛通印刷股份有限公司
经　　销　全国新华书店等

字　　数　175千字
开　　本　880毫米×1230毫米　1/32
印　　张　10.25　插页1
印　　数　1—10000
版　　次　2019年9月北京第1版
印　　次　2019年9月第1次印刷

书　　号　978-7-02-014586-7
定　　价　78.00元

如有印装质量问题,请与本社图书销售中心调换。电话:010-65233595